SHANGHAI LITERATURE & ART PUBLISHING GROUP

故事会
精品系列

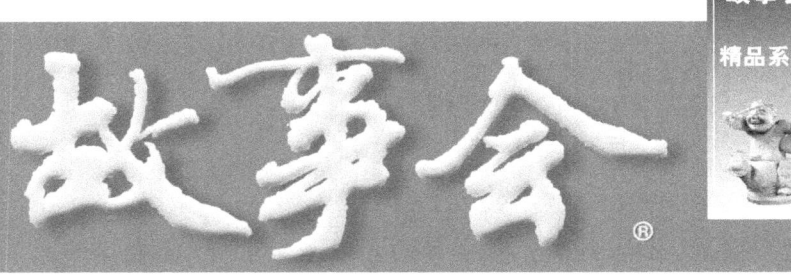

打赌故事

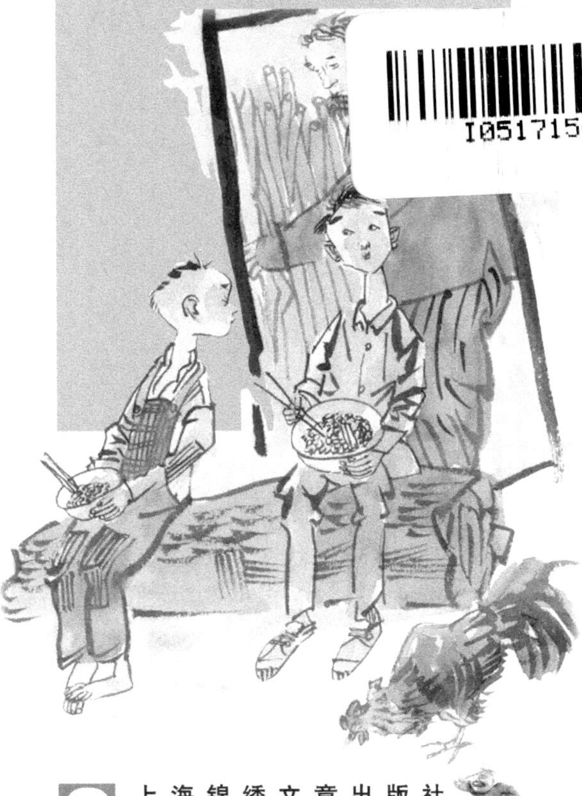

上海锦绣文章出版社
上海故事会文化传媒有限公司

上海文艺出版（集团）有限公司

图书在版编目（CIP）数据

打赌故事 《故事会》编辑部编 – 上海：上海锦绣文章出版社
（故事会精品系列） ISBN 978-7-5452-0248-9

Ⅰ．①打…Ⅱ．①故…Ⅲ．故事 – 作品集 – 世界 Ⅳ．I14

中国版本图书馆 CIP 数据核字 (2009) 第 015626 号

丛 书 名：故事会精品系列

书 名：打赌故事

主 编：何承伟

编 委：何承伟 吴 伦 姚自豪 夏一鸣

责任编辑：刘迎曦 鲍 放

装帧设计：王 伟

责任督印：张 凯

出 版： 上海锦绣文章出版社

上海故事会文化传媒有限公司

POD 海外发行： 中国图书进出口上海公司

电话：021-36357888

传真：021-36357896

地址：上海市虹口区广中路 88 号

邮编：200083

目　　录

惹祸

祸从口出 ………………………………… 2

胡吹丧命 ………………………………… 4

神秘一刀 ………………………………… 8

戏丑

老翁训四懒 …………………………… 14

巧治刁老财 …………………………… 17

千金买谎言 …………………………… 20

吹牛娶媳妇 …………………………… 24

厨师治地痞 …………………………… 27

团长头难剃 …………………………… 30

夫妻羞乡长 …………………………… 34

村民骂乡长 …………………………… 37

怒斥负心汉 …………………………… 40

斗智

三进抬杠铺 …………………………… 46

巧答胡双千 …………………………… 49

智赢大和尚 …………………………… 53

三难土老财 …………………………… 55

李翠莲劝夫 …………………………… 59

短工斗财主 …………………………… 62

棋手喂毛驴 …………………………… 66

巧骂钱员外 …………………………… 69

三姐比稀奇 …………………………… 71

小姨难姐夫 …………………… 73
村妇胜商人 …………………… 76
巧对"瞎话篓" …………………… 79
老翁斗巨人 …………………… 83
智戏吹牛王 …………………… 86
目的不在赌 …………………… 89
施老板上当 …………………… 94

逗趣

"吹牛"来历 …………………… 98
屠夫打谜 …………………… 100
胡三说戏 …………………… 102
说假算输 …………………… 103
谁出酒钱 …………………… 106
一粒瓜子 …………………… 108
点金比赛 …………………… 112
双方没输 …………………… 115
别再叫爹 …………………… 118
"犟筋"抬杠 …………………… 120
腾空过河 …………………… 123
小鸡咬鹰 …………………… 125
清炒蚊肝 …………………… 128
吓掉魂灵 …………………… 130
一只皮鞋 …………………… 133
顶天立地 …………………… 138
大吹吹牛 …………………… 141
三女戏父 …………………… 143
近视辨匾 …………………… 145
吹牛比赛 …………………… 148

惹　　祸

人类的不幸,大部分都是人类自己造成的。

祸从口出

　　小镇上有两个捡破烂的,一个叫张三,一个叫李四。两个人穿得衣衫褴褛,却常常在一块吹牛。

　　这天,两人都喝了酒,拉着板车走街串巷,刚巧碰到一起,于是,两人钻进一座废弃工地的角落里聊起来。

　　张三神秘地说:"老弟,我要发大财啦!今天上午,一位客人告诉我,他准备把几架旧飞机低价卖给我,那价格实在太便宜了。不过,我目前手头太紧,咱俩能不能合伙做这桩买卖?"

　　李四一听,心里想:这不是向我伸手借钱吗?哼,我才不上你的当呢!就说:"哎呀,这两天我也时来运转。昨天碰见一位客人,他说打算卖给我几部破火车头,价钱更便宜,比收购酒瓶子合算多了,我也正在筹集资金,决不能把这个发财的机会白白错过!"

张三见对方怕借钱,转口又说:"老弟,其实我才不急钱用呢。那位客人说,他的几架旧飞机全部交给我,不但分文不取,而且还要资助我修好飞机,再帮我建一座飞机场,我马上就要成为航空公司的老板。如果你愿意,我当董事长,聘请你做总经理,如何?"

李四也大言不惭地说:"大哥,小弟也正要跟你商量一件事,我碰上的那位客人表示,要出资修一条铁路,然后帮我把破火车头修好,准备成立一家铁路公司。你想想,铁路公司这么大,我一个人怎么能忙得过来?所以,小弟准备请你当我的助手哩!"

张三从衣袋里摸出喝剩的半瓶酒,说:"祝李老板的铁路公司生意兴隆,来,干杯!"

李四也不甘落后,也摸出半瓶酒高高举起:"祝张老板的航空公司财源滚滚,干杯!"

张三边喝边说:"我明年一定争取让本公司的股票上市。"

李四不甘示弱,拍着胸脯说:"明年,我要让我的铁路公司争取成为跨国集团!"

两人吹得正起劲,忽然听到有人大喝一声:"不许动,给老子把手举起来——"两人抬头一看,天啊,只见五六个地痞流氓围了上来,为首的是个满脸横肉的光头汉子,手上还拿着一把亮闪闪的匕首。

只听光头汉子喝道:"这里是老子的地盘,原本把你俩当成要饭花子,想不到你们竟是身价百万的大富豪。弟兄们,快把他们捆起来,然后给他们家里打电话,二十四小时之内每家送来现金两百万,否则,要他俩的狗命!"

"妈呀!"张三、李四一听,吓得面如土灰,尿水顺着裤子往下流。

（刘金涛）

胡吹丧命

双江镇上有三个年轻人，一个叫赵大，一个叫周二，一个叫冯三。

三个人结拜成"铁哥们"，平时尽干坏事：骑摩托直往人群中冲；偷汽车朝横垅里碾兔子；撩姑娘衣；掘霸王坟；尤其打起架来，如下山猛虎，打得越惨越觉得够刺激。虽说他们拘留所里进过，小号里也蹲过，可一出来，依然是无所不敢作，无所不敢为。市民们无不咬牙切齿咒他们为"恶大胆儿"。

三个人听了不以为耻，反以为荣，竟以"恶大胆儿"自诩。虽说，三个恶大胆儿结为铁哥们，可他们之间都各不服气，都自认为只有自己才称得上正宗。

有一天，周二要去郊区一个赌场赌钱。临走时，赵大说："你一定要半夜时分摸黑回来,一定得从歪脖树坟场回来。敢不敢?若敢从那回来,那才够刺激。"

周二不屑地一笑:"这有啥不敢的,一言为定。"

到了晚上十点多钟,赵大找上冯三,来到歪脖树坟场。

冯三忽然发现那歪脖树上吊着一个死人,问道:"这是咋的啦?"

赵大说:"这不正好?咱就在这等老二,吓他一吓,那才够刺激呢。"他边说边从提兜里掏出一束卫生香,背过去点燃,夹在死尸手指缝里,说:"这样不是更有趣吗?来,咱边喝边等。"赵大拿出香肠、茶叶蛋和一瓶二锅头,和冯三对饮起来。

酒过三巡,酒瓶底已朝天了。

赵大说:"我再回城弄点来,就怕你一个人不敢呆在这……"

他话没落音,冯三好像受了极大侮辱:"哼!我打从娘肚子里爬出来就不知道什么叫'怕',你快去办酒菜就是了。"

赵大抬脚刚要走,忽又停下说:"听人说吊死鬼会炸尸,要真的炸了尸可咋办?"

冯三不耐烦地说:"俺早就发过狠,遇到男鬼就跟他干,遇到女鬼就跟她睡。要真的炸尸让俺看看,那才他妈的够刺激呢。"

赵大一走,冯三仰天躺下来寻思道:哼,泰山不是堆的,大胆儿不是吹的,除了俺谁还敢独自陪吊死鬼睡觉?真他妈够刺激。真盼吊死鬼马上炸尸,他好上前把他捉住,以显示自己是正宗的"恶大胆儿"!冯三想着想着,不知不觉瞌睡上来,便昏昏睡去了。

这时,周二赌钱回来,烟瘾来了,却没火,走到歪脖子树旁,见树下站着个人,手中有火,他赶紧掏出一支烟,凑上去说:"喂!对个火!"

见对方不应声,周二不客气地一把掠过火,对着烟,猛吸了两口,说:"不客气了。"说着把火还给那人。

可那人却不接火。周二上前一拨拉,咦!怎么还荡悠起来了?

周二借着星光一瞅:"哟,这是谁这么想不开?天大的事也不能来上吊哇。嗯?这是卫生香,你也嫌蚊子咬?"他边说边把香火又重新夹进死尸那又硬又冷的手指缝里,嘟囔着回城去。

冯三蒙眬中觉得有人走过,强睁醉眼,见一个黑影,手中拿个火儿,晃晃荡荡往城里走。冯三打个激灵之后,突然又感到一阵兴奋:哈哈,果然炸尸了!他"噌"地蹿起来,踉踉跄跄朝黑影撵去。

周二正为之感叹,猛听身后有人追来,以为是方才得罪了吊死鬼,他撵来了!周二暗叫一声:妈呀!就高一脚、低一脚拼命往前跑。

冯三盯住那火亮光,边撵边从怀里掏出平时作案的工具——一头带铁钩的尼龙绳。他追啊追,眼看要追上了,他一甩手将绳子猛地往周二脖子上一套,一返身,双臂一用力,叫一声:"嗨!你回来吧!"就把周二反背起来往回走,边走嘴里还边骂着:"你他妈炸尸想逃出我冯三手心儿?好了,这下俺背你玩个痛快!"

周二这时才知道,冯三把他当成吊死鬼来追了。可眼下,无奈尼龙绳勒在脖子上说不出话,他拼命挣扎,可是越挣冯三越用力,直勒得他心发闷、头发涨、眼前直冒金星。

再说,就在冯三追周二时,赵大拿了酒菜回来了。赵大见冯三不在,猜想他准是胆小逃走了。他走过去,拍了拍死尸,说:"宝贝儿,你帮我吓走了老三,有功,有功。"说着他双手一举,把死尸从绳套中解下来,靠树干立稳。然后脱下鞋往自己下巴上一垫,双手抓住套子,双脚一踮,把头伸进套中,自己悬空吊起来。赵大心想:等会周二和冯三回来,我再给你们来个强刺激,吓你们个半死,这下子我赵大可是个地地道道的正宗恶大胆儿了。

不一会儿,赵大见冯三竟像背死狗一样背着周二回来了,他吓得张嘴大喊:"快放下你二哥!"哪知喉咙里只发出一阵怪叫,不料又忘了脖子上套着的绳套,慌乱中,竟手舞脚蹬地挣扎起来。

这一挣扎可坏了,垫在下巴上的鞋脱落了,绳子一下勒紧了他的脖子,他只觉得脑子里一片空白,大叫了一声,就什么话也说不出来。

这时候,正好冯三把周二背到树跟前,听到背后这"扑嚓"一声,不禁感到惊诧:难道吊死鬼也会拉屎?再见眼前有个手拿火亮儿的黑影靠树而立,顿时大吃一惊:怎么我抓错了?吊死鬼原来没跑?

就在惊讶之际,他又猛地听到头顶上一声怪叫,抬眼一看,一个吊死鬼正张牙舞爪地向他迎面扑来。他顿时吓得两腿一软,一口气没上来,瘁然倒在了地上。

第二天,人们发现,周二满脸苦相,舌头奄着,脖子上搭根尼龙绳,朝天躺在冯三身上;冯三趴在地上,双眼圆睁,一副极度惊恐神情;赵大吊在树上,看上去似有什么事使他遗憾终生。那靠立在树干上的穿着华丽寿衣的女尸,她面对三具尸体,冰冷的脸上好像带着揶揄:"这才够刺激。"

（田　鸣　搜集整理）

神秘一刀

太行山里岩山县张庄乡，有位名人叫栾方宝，外人赠号"乱放炮"。

1958年浮夸风放"卫星"时，栾方宝出任公社书记兼社长。一天夜里，他让人把十亩地的麦子搬到一亩地里，第二天乱放炮放出个单产过"长江"、亩产双千斤的特大卫星，引得头头脑脑们前呼后拥都来参观。栾方宝的大幅田间地头照片上了报，马上成了名震省内外的新闻人物。

轰轰烈烈闹剧演完后，到了秋后，这张庄乡成为了"饥荒乡"，社员们成群结队捋树叶、挖草根度日子。社员们饿红了眼，到公社大院找栾方宝算账，他们把公社大院一围，可吓坏了牛皮匠栾方宝，他从房上偷跑出去，免挨了一顿打。

栾方宝一惊一吓,整日胆战心惊,到医院一检查,是心脏病。他知道自己在张庄再也呆不下去了,便借口有病,硬是要求调到县医院当院长兼党委书记。

医院有一位老中医,积几十年经验研究出"针刺麻醉法"。栾方宝旧习难改,得知后如获至宝,马上挑灯夜战,写成一篇题为《针刺麻醉显神功》的文章,夸大其词,说无论多么大手术,只要几根银针一扎,手术者马上露出微笑。

老中医见到栾方宝这篇文章,急得赶紧找上门来,对栾方宝说:"院长,这是医道,万万夸张不得。这针扎麻醉只在表皮有效,内脏手术万万行不通!"

栾方宝看老中医一脸憨厚相,心里说:你胆子比蚂蚁大不了多少,我那几年放的炮,你听到非吓死不可。他笑着对老中医说:"老先生,这是宣传嘛!再说,攻克这个尖端,我看指日可待,宣传一下、促进一下,有什么不好?"

这篇小文章,原本登在地方性小报上,不知哪个记者把它当成个大成果转发在省报上。

说来也巧,一个正在我国考察的国际中医考察团知晓,他们通过外交途径,非要来医院进行实地考察不可。

省里通知下达到县里,县长慌了手脚,马上把栾方宝找来,说:"你在天上戳了个大窟窿,你一篇文章,招来了一个国际考察团!"

"这咋办?"

"还能咋办?解铃还需系铃人,你自己拉下的屎,还得你自己擦。咱丑话说在当面,'把戏'玩砸了,你我都有好戏看!"

话都说到这个份上,哪还有他栾方宝讨价还价的余地?他脖子一缩,黑着脸退了出来。

明天,后天,大后天,只有三天期限。

栾方宝两天两夜,两眼直瞪着天花板躺着,再三权衡利弊,最后咬紧牙根自言自语说:"舍不得羊捉不住狼,看来只能这么干了!"

此时,墙上挂钟敲了十一下,医院大楼大部分灯光已灭,只有二楼东头老中医的宿舍灯光还亮着。栾方宝轻抬脚步走到老中医门口,"笃笃笃"叩了三下。

房门开了,老中医探出头来,认出是栾方宝,非常吃惊:"栾书记,你……"

栾方宝不请自进。

老中医不知领导深夜来访的用意,神色十分惊慌。老中医一辈子挨整,所以现在一见当官的,就脊梁发紧,腿肚子抽筋。

栾方宝脸上展开笑容来,慢条斯理地说:"人老了,瞌睡少了,总想找个人聊聊天,解个闷。"

可哪有深更半夜上门聊天解闷的?老中医心里越越发忐忑不安。

栾方宝看他这副样子,索性开门见山说:"老先生,我想求你办件事,不知你肯不肯帮忙?"

老中医说:"我除了看病,别的啥也做不了。"

"我就是求你看病!"

老中医一听原来是叫他看病,总算松了一口气。他心想:你是书记,怎么说出这样客套的话来?便说:"没问题!你哪位亲戚有病,只管让他来。别说书记讲情,就是平头百姓,咱也尽职尽责!"

"不是别人,是我。"

"你?"

"我要做心脏二尖瓣手术。"

"你不是要去北京动手术吗?"

"不去了,就在咱们医院动,所以请你帮忙。"

"栾书记又开玩笑,我是中医,手术是西医外科的事。"

"不,我要你为我针刺麻醉。"

"你说什么? 针刺麻醉只能治皮肤疮疖,心脏手术万万使不得的!"

"使不得也得使,我忍着疼,你只管下手就是了。"

"不行! 我实难从命!"老中医脸都吓黄了,连连摆着双手。

"说实话,我也不愿开这个国际玩笑,但事已至此,我也别无选择了。"栾方宝哭丧着脸,把那篇小文章惹出的大麻烦说了出来。

老中医鼓着眼睛,把栾方宝像看怪物一样看了一刻,说:"这不行。我不成了杀人犯了吗?"

老中医行医几十年,从来没有碰到过这样的病人,他觉得又可气又可笑。

栾方宝急了:"老先生,你就算救救我。你真要不答应,我给你跪下了。"

栾方宝真的双膝跪地,一脸懊悔之色。老中医连忙拉他,说:"栾书记,你这是何苦啊?"

老中医累得瘫坐在椅子上,半天喘不过气。尔后,想了二十多分钟,才吞吞吐吐地说:"只能这样了,我父亲在时,配过一种药丸,含在舌头下能解剧痛,但谁用它做过心脏手术呢?"

栾方宝冲着老中医"嘣嘣嘣"磕了三个响头,说:"我谢谢你,谢谢你了!"

手术前半个小时,老中医让栾方宝含上了药丸。

不多一会儿,县长陪着十几个黄头发、蓝眼睛、高鼻子的人来到医院,栾方宝被推进了手术室,推上了手术台。

老中医满头汗水,在他身上扎满银针,对县长说:"开始手术!"

主刀医生下了第一刀,此时,栾方宝面带笑容。

老中医一看,药丸起了作用,心也放了下来。

县长问:"疼不疼?"

栾方宝回答说:"不疼。"

可谁知第二刀一下去,他就晕了过去。

那些黄头发、蓝眼睛、高鼻子人不知情,还以为是针刺麻醉的作用,个个竖起大拇指连声赞叹:"真好! 真好!"

……

手术后不到一年,栾方宝心脏病复发。他把两个儿子叫到床前,说:"我大半生靠吹牛升官过日子,最终落得这样的结果。你们今后千万记住,还是做老实人好啊!"

栾方宝嘴唇颤了几下,咽下了最后一口气。

（李光藩）

戏　　　丑

与丑角在一起好开玩笑，想搔痒
的人容易痒痒。

老翁训四懒

　　从前,某地有四个游手好闲的二流子,每天东游西逛,偷鸡摸狗,不劳而获,想占别人的便宜。当地百姓都看不起他们,暗地里骂他们是"四根坏木头"。

　　一天,四根坏木头看到一位白发苍苍的老头儿在挥锹翻地,老人家干得汗如雨下,也不肯休息。他们想:让这个老头儿当我们的奴仆多好。于是凑到一块儿,商量了一条馊主意。

　　四根坏木头一起围住老头儿,说:"我们打个赌怎么样?"

　　老头儿问:"打什么赌呢?"

　　"我们各说一件亲身经历过的事儿,谁不相信谁就输。输了的人必须当赢了的人的奴仆,为他终生服务。"

　　老头儿一听,就知道他们要的什么鬼把戏了,但他不急于揭穿他们,而是故意装傻,乐呵呵地说:"行啊,赌就赌吧!请四位公子哥儿发表高见。"

四根坏木头乐得手舞足蹈地说开了。

甲说:"有一年盛夏天气,太阳像一团火,照得大地滚烫滚烫的,我刚生下来不久,就飞到天上银河里洗澡,发现银河水底下长着一棵大蟠桃树,蟠桃已熟透了,我见了,馋得口水流了三丈长。我想吃这仙桃,我用双手提住自己的大耳朵,双脚踏在自己肩膀上,又登又攀,一会儿就爬上了树,吃到了大蟠桃。"说完,问道:"老头儿,你信不信这件事?"

老头儿答道:"你真有本领!"

乙说:"有一次,我爬到泰山寺的大梁上掏燕窝,谁知窝里钻出一条蛇,我吓得慌了神,一个跟头栽下来,头着地,钻过地板砖,入地三尺深,我喊'救命啊',没有人答应。怎么办呢?我就回家拿来一把锄头,把头刨了出来。"还没等他说完,老头儿就赞不绝口:"你真神奇,有绝招!有绝招!"

丙说:"我呱呱坠地以后,刚刚洗过香汤澡,就对爸爸妈妈说,快带我上街赶集去。爸爸妈妈被我缠得没办法,只好带我玩去。途中,山洪暴发,滔滔洪水,凶猛奔腾,我爸爸,妈妈吓得脸色刷白,我二话没说,一手抱住爸爸,一手抱住妈妈,双脚踩着洪水,几步就跨过了洪峰,安全地踏上了街市的大道。"老头儿听了,竖起拇指又是一番夸赞:"好!好!有志不在年高,你这小子真是胆子大,临危不惧,英勇顽强,举世无双。"

丁说:"我还在我妈妈肚里的时候,有一天,我口渴难耐,就从妈妈的肚脐眼里冲出来,跑到大河边,'咕咕'地把一条大河的水都吸干了。"老头听了连连点头:"好样儿的,好样儿的。你这么有能耐呀!口渴了,快喝水吧,喝好了,再回到你妈妈的肚里去。"

四根坏木头见老头儿一点不松口,个个垂头丧气、哀叹不已。他们想:完了,今天遇到克星了。这老头儿厉害呀!我们栽到他手里了。他们想脚底下抹油——溜,被老头儿拦住了。正巧,有几个行人经过,老头儿请他们评理,他们说,应该让老头儿也说说,四个懒汉无可奈何,只好同意。

老头儿于是便说:"有一年,我种了半亩地南瓜,只成活了四棵,每棵只结了一个大南瓜,实在令人生气。不料有一天瓜熟蒂落,南瓜爆裂,跳出四个人,我惊吓得不知说什么好,我没孩子,就把他们当儿子惯养起来。"

"后来怎么样呢?"四个懒汉异口同声地问。

"后来——我把他们惯坏了,他们变成了四根烂木头,一个个又懒又馋,整天不务正业,都二十多岁的人了,也不帮我干活儿。有一天我忍无可忍,狠狠地教训了他们一顿,谁知他们不辞而别,离家出走……"

"真是棒打出孝子,惯养忤逆儿!"行人都愤愤不平地说。

老头儿继续说:"虽然他们不好,但毕竟是我一把尿、一把屎拉扯大的,怎么忍心他们与我离别呢,于是,我四处寻找他们,找呀,找呀,今天终于找到他们了。"

"他们在哪儿?"四个懒汉问。

"远在天边,近在眼前,就是你们四根坏木头。"老头儿指着他们说。

"哈哈哈"行人听了,笑得前仰后合。

四个懒汉相信不行,不相信也不行,羞得满脸通红,无地自容,只好向老头儿苦苦求饶。老头儿狠狠地教训了他们一顿,要他们以后一定改邪归正。四个人连连点头,悻悻而去。

(吴保银 讲述 吉茂青 整理)

巧治刁老财

　　早年,汉水边住着个姓江的老渔夫。江老汉很穷,和儿子、媳妇一起过活,他打鱼,儿子种地,媳妇操持家务,靠着"勤俭"二字,小日子倒也过得去。

　　老汉的儿媳叫春枝,生得聪明伶俐,且能言善辩,是这一方有名的巧女。

　　这一天,江老汉打了不少鱼,还卖了好价钱,心里一高兴,特意留下一条鱼,带回家来打牙祭。

　　他就着案板拿起菜刀刚要杀鱼,忽然窜来一只猫,叼起鱼就跑。老汉急眼了,扔出菜刀去砍那只馋嘴猫,可巧把那猫砍伤了,那猫"喵哇"一声,丢下鱼逃出门去。

　　这只老狸猫原来是本村恶霸刁老财家养的,江老汉失手伤了刁家的猫,非常后怕,就唉声叹气对媳妇春枝说了这事。

春枝想了想,安慰公公说:"爹呀,咱穷人家没事不惹事,但有事也不怕事,刁家若来找事,让我对付他们!"

春枝话音刚落,刁老财真的找上门来。原来那猫跑回家里后,因伤势过重,弹腾了几下就死去了。刁老财一见心疼得不得了,提起死猫,顺着血迹,怒冲冲地找到江家兴师问罪。

他一见江老汉就吼道:"好哇,江老头儿,你吃了老虎心还是豹子胆,竟敢杀死老子的猫,你该当何罪?"

江老汉吓得哆哆嗦嗦地说不出话来。

一旁的春枝撇了撇嘴,说道:"不就是一只猫嘛,有啥大不了的?隔天赔你一只好了。"

"什么?"刁老财冲春枝把三角眼一瞪,耍起刁来,"说得轻巧!你知道我这猫是什么猫吗?老虎是它爹,豹子是它娘,出生才三天,就咬死一只狼;白天给我屙金银,晚上捕鼠看谷仓。有人想买我这猫,愿出黄金八百两——你赔得起吗?"

江老汉一听这话几乎吓晕了:老天爷呀,这家伙口气真大!我往哪儿弄八百两黄金赔他呀!

春枝却一点也不慌张,她想了想,平静地对刁老财说:"不就是八百两金子嘛,小事一桩!"

刁老财冷笑道:"嘿嘿,癞蛤蟆打哈欠——好大的口气!你家穷得叮当响,能拿出八百两黄金?"

"哼,财不露日,信不信由你。"春枝也冷冷地回敬他,"明天一早你来取好了。"

"好!"刁老财不怀好意地瞟了巧媳妇一眼,喊道,"咱们说定了,到时候你们拿不出这么多金子,我就拉你去抵债!"

刁老财奸笑着走了。

江老汉却发了急,冲媳妇埋怨道:"傻孩子,你怎么能这样答应他呢?咱们的家底你不是不知道。"

春枝笑笑说:"爹呀,你不用着急。魔高一尺,道高一丈,我有法子摆治这个刁徒!"

第二天一早,天刚麻麻亮,刁老财就带着仆人乐颠颠地来江老汉家搬金子来了。因黑灯瞎火的,他一只脚刚踏进门,只听"喀嚓"一声,把放在地上的一把破瓢踩成了两半。

春枝打火点灯一看,立时嚷叫起来:"哎呀,你怎么把我家的木瓢踩破了哇?"

刁老财拾起破瓢看了看,不屑地说:"一把破木瓢算个啥?我待会儿赔你一把新的好了。"

"你说得轻巧!"春枝指着他的鼻子说道,"你知道俺这宝瓢的来历吗?说出来吓死你!它本是天上的桫椤木,嫦娥亲自送俺家;鲁班爷亲手把它做,王母娘金簪雕的花;舀来生米就成饭,舀来清水变香茶;那年三月没下雨,俺爹用它浇庄稼,舀来三江四海水,一瓢浇遍普天下;玉皇大帝想买它,送来四百金南瓜,一个南瓜四十斤,共折黄金四万八。俺爹嫌他给的少,说啥不愿卖给他。姓刁的,你踩坏了俺的宝瓢,就得照价赔偿!"

刁老财跳起来喊道:"你这是吹牛!一只破木瓢咋会这样金贵呢?"

春枝冷冷笑道:"你不也是吹牛嘛!你那只死猫就能咬死一只狼?"

刁老财没话可说,只好灰溜溜地走了。

(曹红英)

千金买谎言

　　从前，有一个大官，因为年纪大了，所以就告退在家养老。他从早到晚不是吃饭，就是睡觉，实在太没劲了，所以就想出了一个可以解闷的办法。

　　他叫人到处张贴写着这样内容的布告：

　　　　征求谎话，谁要是能够一连说出三个谎话，奖赏黄金三千两。

　　布告贴出不久，很多人争先恐后地来到大官家里。他们在大官面前编造了许多荒唐的故事，说了许多谎话。那些故事和谎话都编得很有趣，听得大官哈哈大笑，非常高兴。

　　说故事的人还以为大官很欣赏自己吹牛说谎的本领呢,所以越说越起劲,就盼着大官能赏他们黄金。

　　可他们哪里知道,大官每听完一个故事,哈哈一笑之后,总是说:"是啊!是啊!那时候真有这事啊!"

　　大官这样一说,不就是说讲故事的人没有吹牛,他也就不必拿出一分钱了吗?你看大官这个方法有多妙啊!

　　不过,他的这个诡计终于给人看穿了。那些上过当的人,一个个都把他恨得咬牙切齿。

　　在大官家附近,住着一个年轻人,他知道了这个大官的行为后,非常生气,他对村民们说:"你们看着,我一定要戏弄戏弄那个老混蛋。"

　　这天,他从容地来到那位大官家,恭恭敬敬地对大官说:"大人,我今天是来说谎给你听的。"

　　大官告诉年轻人:"你想得到三千两黄金?很好,你就讲吧!不过请你记住,如果你说的故事合情合理,不荒唐,那你就输了,一分钱也得不到的。"

　　"我知道。"年轻人对大官说,"大人,你看我多么富有啊!"

　　大官心想:哼!你这穷小子瘦得像根竹竿,衣服破破烂烂的,还夸自己富有呢?明明是在吹牛嘛。不!我可不上你的当。所以,他就顺着年轻人的话说:"是啊!你真富有。"

　　年轻人接着说:"大人,你可知道为什么我会这样富有吗?告诉你,我养牛的方法很好。"

　　大官问道:"都是些什么好方法啊?"

　　年轻人说:"我钉了许多大木箱,每个大箱刚好装进一头牛。我把牛关在箱子里,在箱子的前后左右挖了4个洞。我用箱前的洞喂牛,用箱后的洞让牛大小便,从箱左的洞里抽牛油,从箱右的洞里割牛肉。嘿!我的那些可爱的牛啊,油越抽越多,肉越割越厚。我就是靠了这些牛才赚了很多很多钱的……"

"哪里会有这种事？不可能，你在吹牛！"大官忍不住喊了起来。

"吹牛？"年轻人一听可高兴了，赶快说道，"吹牛就是说谎，怎么样？我胜了！"

这下，大官除了悔恨自己讲话不小心外，还能有什么法子呢？

年轻人接着说："我小的时候，读书总考第一。这点你早就知道了。"

"是！是！是！我知道。你真的总考第一。"大官已经输了一回，怎么还敢不承认呢？

"那时，你常摸着我的脑袋，亲切地称赞我：'你真聪明，等你长大了，我就把三姑娘嫁给你。'现在我已经长大了，请快把你的三姑娘嫁给我吧！"

大官一听，急得大声辩白："胡说，我什么时候答应要把三姑娘嫁给你？"

年轻人听后不慌不忙地笑着说："你说我胡说，那就是承认我又在说谎了。谢谢你啊！"

大官听了，吓得张大了嘴巴，暗暗叫苦："啊！我又输了！"

年轻人又说："几年前，我是一个商人，到处做生意。有一次，我载了满满一大车梨子到你家门口卖，那时天气很热，梨子卖价很高，一箩梨就要卖一千两黄金。我记得你买过我三箩呢！"

大官赶快附和年轻人的话说："是啊！是啊！我买过三箩！我买过三箩！"

年轻人兴奋地说："你买过三箩，不错。可我记得，当时你并没有给我梨钱。那么大人，请你现在把钱还给我！"

这一下大官呆在那儿，一句话也说不出来。因为如果他说真有这回事，他就得给年轻人三千两黄金！但如果说没有这回事,那么,不就等于承认年轻人在说谎、在吹牛了吗? 这样一来,他还是要付给年轻人三千两黄金!

年轻人望着大官那副狼狈样,轻松地笑了:"大人,你输了!不过今天我到这里来,并不是为了你的钱,而是要让你知道,世界上并不是只有你最聪明。告诉你,今后不要再吃饱饭没事做,专找别人寻开心了。"

说完,年轻人转过身去,头也不回地迈开大步向屋外走去。

(全　明　改编)

吹牛娶媳妇

　　从前,坐落在苏北黄海之滨运盐河边上的开家庄,有个土财主,他有一个很美丽的女儿,周围的小伙子看馋了眼,都纷纷找人向他家提亲。

　　这财主见求婚的人多,便想出一个馊主意:求婚可以,但有一个条件,谁的牛吹得好,我的姑娘嫁给谁;谁的牛吹不好,不仅得不到姑娘,还得罚做三年苦工。有很多青年小伙子到他家吹牛,他追洞挖眼,寻根究底,结果吹破了牛,只好乖乖地为他干活卖命。

　　却说庄北头,有一家穷苦人,一共兄弟三个,他们听说这个条件后,两个弟弟让老大先去。

　　老大到了财主家,说:“我是来吹牛的。”

财主说:"好吧! 你就拼命吹吧!"

老大说:"你们都在什么地方喂猪?"

"在圈里喂。"

"我们不那么喂,散养在野地里,省下不少粮食哩! 野菜、野草当饲料,猪儿吃饱满地跑,个个长得肥又壮,油儿汪汪朝外冒。"

财主听了,连连摇手说:"这算什么吹牛,这是千真万确的事,我的姑娘不能嫁给你,你得给我干三年活儿。"

老大有口难辩,只好白白地给他出苦力。

过了些日子,老二也去吹牛,也是瞎子点灯白费蜡,没有吹出个名堂,照样为财主当奴仆。

老三可不是好惹的,他见两个哥哥受骗,心里受不住这股窝囊气,他决心要好好治治土财主,为穷人出口气。

这天,他找人写了一张字据,证明财主的祖宗两代欠他家九百万两银子,所有土地房屋都是借他们的钱买的;还写着他家原是大官,是有钱有势的人。

老三拿着字据到财主家吹牛来了。

财主见来了一个小伙子,问:"你是来干什么的?"

"我是来办正经事。"

"你办什么正经事呀?"

老三从怀里掏出一张字据条子:"你老爷的老爷,两辈人了,你们置办的房产土地都是从我家老祖宗手里借的银子,合计九百万两。现在是还钱的时候了。"

"你说什么呀?"财主着急了,汗水不住地往下流,"你胡说!"财主怒吼着,咆哮着,像一头发狂的狮子。

老三哈哈大笑,朝地上一跪:"愚婿拜见岳父大人。"

此时,财主如梦初醒,知道自己失算,让小伙子吹牛吹赢了。无奈,他只好将女儿嫁给小伙子。

成亲那天，老三说："求岳父大人帮我一次忙，如果不答应，我就不拜堂，还请你偿还九百万两。"

"什么事呀？我的宝贝女婿。"财主已被弄得焦头烂额，反过来向老三求饶了。

"什么事？很简单，你得把那些受骗的穷苦人放回家。没有他们，我这个婚礼不热闹，办起来也没有味道啊！"

"这……这……这……"财主赔了女儿又放人，本想讨便宜，结果却蚀了大本。

（吉茂青　搜集整理）

厨师治地痞

　　解放前,上海有一家新开的饭店,饭店老板聘请了一位姓陈的厨师,烹调的菜肴色、香、味俱佳,所以饭店生意兴隆,顾客盈门。

　　有一天,店里来了三个吃客,只见他们一律戴副黑眼镜,身穿绸长衫,下着扎脚管裤子,头戴一顶巴拿马草帽。一看这身不伦不类的打扮,就知道他们是三个地痞流氓。

　　三个人走进店堂,占了一只桌子,便吆五喝六地嚷开了。侍者一见这三个人,知道不好惹,连忙小心谨慎地过来招待。

　　三个人点了一桌菜,吃得酒醉饭饱后,就装聋作哑地想脚底擦油。

　　侍者一看不妙,忙把老板请了出来。

老板满脸堆笑,来到桌前,小声问道:"请问三位还要吃点什么?"

三个人一阵奸笑,为首的说:"今天兄弟们要吃四只名菜,如果贵店烧得出,我们钞票照付,烧不出,嘿,嘿! 就别想要兄弟们半分钱!"

老板忙问哪四只名菜。

为首的说:"第一只菜叫'里面有皮',第二只菜叫'外面有皮',第三只菜叫'里外都有皮',第四只菜叫'皮打皮儿'。"

老板一听,顿时目瞪口呆:这算什么名菜? 自己饭店开了多年,却从来没有听说过。他猛地想起自己店里的名厨陈师傅,连忙进去讨教。

过了一会儿,只见老板脸上带笑,走到三个人桌前,说:"这四只名菜,我们马上就烧,请三位账先结一结。"

还是那个为首的,说:"烧得出名菜,钞票照付,如果烧不出,怎么办?"

老板笑笑说:"烧不出,我请客。"

"好,一言为定。"

这时,其他吃客纷纷围过来,大家想开开眼界,看看这四只名菜是啥。

不一会,侍者手托四只菜盆上菜来了。

第一盆是红烧大肠。老板说:"这是'里面有皮'。"

第二盆是油氽肉皮。老板说:"这是'外面有皮'。"

第三盆是炒顺风。大家一看都笑开了,纷纷说:"对! 对!猪耳朵里外都有皮!"

第四盆是酱烧猪尾巴。

有人不明白地问:"这猪尾巴咋是'皮打皮儿'?"

老板哈哈大笑,说:"小猪喜欢用尾巴甩打自己的屁股,那不是皮打在皮上吗?"

　　三个想吃白食的流氓知道今天碰上了内行,在众人面前只得付钱认输。

　　这时,厨师陈师傅走了出来,说:"三位只知道四只名菜,其实还有一只名菜,你们知道吗?"

　　三个人忙问:"什么名菜?"

　　陈师傅说:"这只菜叫'不要皮儿'。"说完随手一指,侍者端出来一碗热气腾腾蹄膀汤。

　　陈师傅笑着说:"这是一只剥皮蹄膀,没有皮,是否也尝尝味道?"

　　陈师傅话音刚落,围观的吃客顿时"哗"哄堂大笑起来。

　　那三个想吃白食的,也听出了这陈师傅的话中话,连忙灰溜溜地跑了。

(孙炳华　搜集整理)

团长头难剃

　　那年,国民党部队有个王团长,外号叫"烘柿头",这人心眼直,枪法好,可惜长了个软包头,指头一按能塌二指深的窝子。为这,他从小到大没剃过头。为啥?他这号头,刀一按一道沟,哪还敢使劲剃哩?没办法,他只好剪子不离身,头发长了胡乱剪一下,好在有军帽扣着,也不觉难看。

　　这一年,部队开到南京,王团长带着几个部下到夫子庙闲逛,见路边一家店铺前里三层、外三层围了好多人,就也凑过去看热闹。

　　这是一家剃头铺,门上贴副对联。上联是:上剃太上老君;下联是:下剃五殿阎罗;横幅:无头不剃。

　　王团长看了暗骂这剃头匠吹大话太狂妄,他往里再一瞅,又吓了一跳!只见那剃头匠把刀子往上扔七八尺高,等刀刃快挨着剃头客头皮时,他再接着刀把儿刮一下。虽说没失手,也吓得那剃头客挤着眼,绷着嘴,一动也不敢动。

王团长看着看着气不顺了:这人咋真会逞能,万一失手伤着人咋办?不中,得煞煞他的狂劲儿。

那人刚剃完,王团长挤上前说:"借个光,先剃一步!"

剃头匠见他是个军官,不敢怠慢,忙请他坐下,换盆热水,拧块毛巾要给他洗头。

王团长手一挡:"慢,我这头你能剃不能剃?"

剃头匠哈哈一笑,指指门外的招牌:"军爷,你没看见吗?牛皮不是吹的,天下没有咱剃不了的头!"

"你敢跟我打赌?"

"打赌就打赌,赌啥?"

王团长回道:"你要能剃了我的头,我给你一百个头钱;你要剃不了,就当着众人给我磕一百个头,再把剃头铺关了!"

剃头匠说:"行。"

剃头匠摘下王团长的军帽,手一摸他的头可愣住了,半天才"吭吭哧哧"地说:"军爷,你这头小店剃不了!"

王团长眼一瞪:"君子无戏言,你给我磕头!"

剃头匠望望四周看热闹的人,牙一咬说:"军爷,要剃你的头也不难,你得答应我个条件。"

"啥条件?"

"小店有小店的规矩,不管我咋说咋摆弄你,你不能生气动武。"

"行,就依你这条!"

话一说明,剃头匠马上就来了精神。只见他把袖子一挽,按住王团长的软包头一阵猛洗,然后把湿毛巾往地上一丢,用脚使劲踩踩,沾一层泥土带头发茬子就往王团长脸上擦,然后托着他的下巴往镜子里照:"瞅瞅,这脸怪好看吧?"

王团长瞅瞅自己的大花脸,心里气呀,可是当众应了人家的规矩,也不能耍赖,只好说:"好看,真好看!"

剃头匠把剃刀擦擦说:"你敢说不好看,我一刀戳你个血窟窿!"

王团长忍着气一声不吭,只听头上"哧哧啦啦"响,等他再睁眼往镜子里一瞧,好家伙,头可剃了多半啦!

王团长心里纳闷了:咦,这人玩的啥手法,咋会剃了自己的软包头? 想着想着,怒气也不觉消了一多半。

不料剃头匠又找茬,拍着他的头皮子说:"看你这德性,还当兵呢,孬种一个! 还戴军帽干啥,等老子给你剃好头,整顶绿帽子戴上!"

旁边的人"哄"地笑开了。

王团长气得头上直冒青筋,若不是有言在先,真想一枪崩了这个剃头匠。

剃头匠又是一阵冷嘲热讽,随后才慢吞吞地拿起剃刀,不一会儿就把王团长的头剃了个寸草不留。

王团长瞅瞅镜子,又摸摸自己的光葫芦头,不相信地说:"咦,你是咋剃的?"

连问几遍,剃头匠笑而不答,只说:"你别管我咋剃的,快掏钱吧。"

王团长想想自己刚刚受的侮辱,又来气了,摸出二十个钢洋说:"一个头俩钱,一百个头二十个钢洋不错吧?"

剃头匠点点头,伸手去接。

王团长说:"慢,你有你的规矩,我有我的给法!"

剃头匠说:"随你咋给,难道我还不敢接?"

"敢打赌?"

"打赌就打赌!"

"那好!"

王团长抱拳给众人作个罗圈揖:"你们大家都是证人。我把这摞钢洋放到他头顶上,一枪打掉一个,有一回打不着罚十倍的钱;要是我失手打着他,我给他偿命;要是他自己害怕弄掉了钱,我就一枪打死他!”

众人一听玩真格的了,都吓得不敢吭声。

剃头匠也吓懵了,可当着这么多人只能硬充好汉:“行,你打吧。”

王团长冷笑一声,把钢洋放到剃头匠头上,掏出手枪“啪”就是一枪,“当啷”掉下一块钢洋;再“啪啪啪”连放几枪,又连掉几块钢洋……

好一会儿,枪声才停。剃头匠长吁一口气,弯腰就去拾钱,不防头上还有一块钢洋,“当啷”掉在地上。

王团长马上把枪对准他的心口,恶狠狠地说:“你的规矩我可没坏,我的规矩却让你坏了,没别的话说,你等死吧!”

剃头匠吓得“扑通”跪倒在地,哭喊道:“军爷饶命! 我上有老、下有小,离了我他们没法活命啊!”

周围的人都帮着求情。

王团长这才把枪别回腰里,说:“饶你也不难,你先告诉我是咋剃的头!”

剃头匠说:“军爷,这是我们祖传的绝活,名叫‘气鼓头’。只要人气冲脑门儿,头皮就会发硬,你这软包头剃起来跟常人一样。要不,我刚才为啥那样作践你?”

王团长想想是这个理儿,点了点头,对剃头匠说:“你能剃我的软包头,也算有能耐。我刚才吓唬你,是想叫你知道这个道理:三百六十行,行行出状元。人不能仗着自己的本事寻开心。就算我枪法再好,也难保不失手;你摆刀子剃头,也难说哪天不出事!”

剃头匠连说:“不敢了,以后再不敢了!”

王团长又指指门上的对联,剃头匠连连点头:“马上扯掉!马上扯掉!”

(张红新)

夫妻羞乡长

　　豫北地区有个四千多口人的大村,村里有对全村闻名的打赌夫妻,人称男的为'打赌男',女的为'打赌女'。

　　这对夫妻新婚之夜就打赌,一直打了几十年。

　　他俩结婚那天,闹洞房的人很多,闹的时间也很长,等人散后,已是深夜。男的简单收拾一下床铺,对女的说:"睡吧,要不,天就亮了。"女的却神秘地"嘘"了一声,伸手去封男人的嘴。然后看看窗户,意思是说:别吭声,外边有人听房。男的也看看窗户,摇摇头,意思是说:别怕,外边无人。女的不同意,于是两人决定打赌。女的说:"我输了我睡地上。"男的想了想,说:"行,你输了你睡下边,我睡上边;我输了我睡下边,你睡上边。"话刚落音,窗外就响起憋不住的窃笑声和"咚咚"的逃跑声。第二天,村里便传出新的歇后语:小两口打赌——输赢都舒服。

这对夫妻打赌有两个特点:一是凡自家生产生活中的大事必赌。比如今年亩产小麦多少斤?怀胎的老母猪能生几个猪娃?老婆肚里怀的是男是女?儿子今年能否考上大学……等等。他们说,打赌是要验证一些经验之谈的真伪。他们打赌的第二个特点是轻易不与外边人打赌。几十年来,他们只与外边人打过两次赌。

一次是在三年自然灾害时期,围绕着大食堂会不会散打的赌。当时,社会上流传着"三月半,食堂散,食堂不散锅底烂"的顺口溜。对此怎么看?以村会计为代表的村队干部说这是谣言,大食堂是新生事物,"三面红旗"不倒,大食堂就散不了。以打赌夫妻为代表的老百姓则认为,大食堂不得人心,散是大势所趋,众望所归。双方争执不下时,就击掌打赌。条件是:村会计提出的若三个月内大食堂散了,村会计当众吃屎认输;否则,打赌男当众吃屎认输。结果,不迟不早,大食堂正好在三个月后宣布解散。这下可热闹了。村民们吵着非要村会计兑现打赌时的承诺。

村会计可傻了眼,一连几天总是躲着大家走。可躲过了初一躲不过十五啊,无奈,他只好厚着脸皮去求打赌夫妻替他向大家讲讲情。到后来,还是打赌男给会计出了个下台阶的主意,让他吃蜂蜜,因为蜂蜜不就是蜜蜂的屎吗。

另一次打赌是在九十年代初。当时豫北地区的吃喝风刚抬头,但打赌夫妻所在乡的乡长吃喝已出了名。传说他带人下村去检查廉政建设,时近中午,村干部说天太冷,弄几个小菜,喝点酒,让大家暖暖身子。想不到竟当即遭到该乡长的严厉批评:"我们是廉政检查组,可不能顶风违纪。规定四菜一汤,我们减半,一个团鱼、一个鸡。酒别多喝,两瓶五粮液就行。抓紧时间,边上边吃,吃饱为止。"村干部嘴里说"中",心里却叫了一声"妈呀"。老百姓对乡长这种既想当婊子又想立牌坊的做法十分气愤，考虑再三，决定羞辱他一顿，大家出出气。可如何羞辱他呢？一时大家没了主意。恰巧这天，听说乡长又要带人到村里来检查工作，大家就聚到一起议论起来。

这时，打赌夫妻毛遂自荐，甘当此任。有人不信，就和打赌夫妻打赌："你们真要能替大家出了这口气，我们出钱放场电影为你们庆贺。"打赌夫妻说："好啊！如果今天不能为大伙出气，我们情愿出钱放场电影给大家看。"

打赌夫妻说罢，从家里一人牵一头驴出来，把它们拴在地头的杨树上。等到乡长带的人快走近时，打赌男顺手解开驴缰绳，两头驴撒腿就往麦田里跑。不等驴啃麦苗，打赌夫妻就一人拿一根棍子朝驴屁股上起来，边打嘴里边骂道："混账，你也成那乡长了？走到哪儿吃到哪儿，不拿一分钱，也不嫌丢人！"

这突如其来的情况，使乡长一时不知所措。一乡干部想讨好乡长，走过去质问打赌女："你怎么能拿驴与乡长比？"打赌女赶紧拦住乡长赔礼："对不起，俺老糊涂了。这驴咋能与乡长您比呢？别说这驴吃的是麦苗，就是吃白面也不能和乡长您比。您吃的再赖还不是鸡鸭鱼蛋？再说啦，您吃得再好也没人敢动您一指头，可这驴就不同了，它想啃麦苗就得挨棍子。"打赌女这一说，弄得乡长哭笑不得。

在场的人听了，都忍不住哈哈大笑起来。由于打赌夫妻替老百姓出了气，别说放一场电影，就是以后，大家都很敬重他们。

（朱先贵）

一天中午,有四个青年村民在泥河街上的一家小酒店喝酒,喝得正兴时,隔窗望见泥河乡乡长贾正仁摇头晃脑从街上走过。四人中有个叫刘军的突然大声向同伴提议:"咱们现在打个赌,谁敢大骂三声贾乡长,这桌酒钱我掏腰包!"

其他三人你看看我、我望望你,没有一人应声。

刘军指着他们嘲笑说:"我就知道你们三个没有种!我敢骂!你们信不信?"

三个人当然不信,都说:"你要是真敢骂,这钱我们仨掏!"

"好!看我咋骂他!"

刘军当即走到门外,双手卡腰,昂首挺胸,接连高声骂了三句:"贾正仁王八蛋——""贾正仁不是人——""贾正仁是狗——"

贾乡长扭头一看,见是个二十来岁的小伙子在骂自己,顿时怒火上蹿,紧攥拳头朝刘军走来。

可走了几步又停下了,只见他掏出手机敲了几下子,叽咕了几句。

不大一会儿,两个民警来了,贾乡长用手一指刘军,命令道:"把他给我带到派出所去!"

"你们在这儿等我。"刘军向同伴交待了一句,就跟民警去了乡派出所。

贾乡长亲自主持审问:"你叫什么名字? 干什么的?"

"刘军! 农民!"

"你为啥骂我? 嗯?"

"我想骂你!"

"无怨无仇,你骂我总得有个根由吧?"

"喝了酒高兴!"

"既然是多喝了马尿一时狂言,我也不跟你一般见识。你再大骂三声自个儿,我就和你拉倒。"

"我为啥要骂自己? 我又没做坏事!"

"你骂我就是做坏事!"

"我骂你是伸张正义! 我早就想骂你了!"

"好! 我不怕你嘴硬。你敢在光天化日之下辱骂共产党的干部,我就敢关你三天! 我就不信治不服你!"

"你敢关我三天,我就和你来个鱼死网破,看谁整臭谁!"

贾乡长一听刘军口气这么硬,心里有点发虚:莫非他抓住了我什么把柄?

他口气软了下来:"你只要说清原因,是谁指使你的,我就放了你。"

刘军瞥了他一眼:"是当着大家的面说,还是单独给你说?"

　　贾乡长怕刘军说出的话让自己难堪,就把两个民警打发了出去,随后对刘军说:"你照直说吧。"

　　"你硬要缠着和我们村的寡妇王秀香睡觉,有这事没有?"

　　"你胡扯!"贾乡长的脸色气得像猪肝。

　　"她是我亲嫂子,知道不知道?"刘军两只眼睛怒视着他。

　　两人四目相对。

　　沉默了大约三分钟后,贾乡长气急败坏地吼了一声:"你给我滚!"

　　"往后放规矩点! 你要是再敢踏进王秀香家门一步,看我怎么收拾你!"刘军撂下这句话,就昂首阔步离开了派出所。

　　刘军回到酒店,三个同伴抢着问他:"贾乡长没咋整你?"

　　"他敢? 哼只要是共产党的天下,只要当干部的一身腥臭,咱老百姓就有办法治他!"刘军满脸怒气地说罢,拿起酒瓶饮了个底朝天。

(代国强)

怒斥负心汉

　　五道岔村的几个酒友,酒桌上打赌,说是后山乱坟岗子近日总闹鬼,哪个敢去那里坐上一宿,另几人连请三天酒,条件是不准点火壮胆,天不亮不许离开。

　　酒友中有个光棍,人称张大胆,他端起满满一杯酒,"咕咚"咽下,把空杯往桌上一顿,说:"我去。"

　　几个哥们把张大胆"押"送到乱坟岗的半山腰,说他们在山下监视着,其实,都回家搂老婆睡觉去了。

　　乱坟岗黑压压一片,坟头一个紧挨一个,大的、小的,影影绰绰,野草齐腰深,树木阴森森。

　　张大胆放眼望去,只见那一棵棵树、一簇簇草,咋都像人影,夜风吹动着树叶、草梢,呜呜乱叫,恰似鬼哭狼嚎!张大胆只觉得头发根直发麻,浑身发冷,他抬头望望月亮,阵阵"坷垃云"把个月亮遮得神出鬼没。张大胆使劲裹紧身上的棉袄,找块空地蹲了下来。

不大工夫,突然,离张大胆不远的坟堆里传来"哗啦啦"的响动。张大胆给自己壮胆说:"没事,不过是些地老鼠。"他闭上眼,尽量不朝出声的地方看。

不料那响声越听越真,好像是个女人。

这半夜里女人来此干啥?莫非真有鬼?张大胆壮着胆子睁眼往前一看,我的妈,透过昏暗的月光,只见草丛中"呼"地坐起个披头散发的女鬼!

张大胆想摸块石头自卫,但越急越摸不着。

这工夫,那女鬼已经站了起来!呀!是个炸尸鬼!张大胆再也顾不上酒桌上的豪言壮语啦,他一下蹦起来,撒开双腿就逃。

张大胆刚窜出几步,就听后面"哎哟"一声,接着有人摔倒的声音。他想起曾听老人讲,炸尸的鬼跑直道,遇上什么搂住什么,绝不松手。这会是搂住什么啦?他忙收住脚步。

突然,他听到草丛里有个女人喊道:"大哥,你别跑,救命啊,我是小翠……"

小翠?张大胆心里一"咯噔":小翠怎么会在这里?

小翠跟张大胆同村,前几年有人给他俩提亲,张大胆乐意,可小翠却嫌他穷,没同意,还说了一大堆伤人心的绝情话!打那以后,两人远远躲着走,谁也不搭理谁。

张大胆继续往山下走。可是走着走着,觉得不对劲:小翠一个大姑娘,深更半夜到这乱坟岗干什么,难道她也打了赌?不对,这里头肯定有事。万一小翠遇上了歹人,自己见死不救,算啥男子汉呀?

这样一想,他忙转身朝那地方走去。

张大胆拨开草丛,果然见倒着一个女人,光溜溜的,一丝不挂,他顿时耳热心跳,留也不是,走也不是。

犹豫了片刻,张大胆一咬牙,脱下棉袄,把那个光身子一裹,连夜背回了家。

踏进家门,张大胆把那女人往自己小炕上一放,女人喉咙里"啊"的一声缓过气来,一看,果真是小翠!他赶紧又拍又捏,眼看没危险啦,这才胡乱找了几件衣服给她穿上,又点火烧热水给她喝。

小翠见是张大胆救了自己,两行泪水顺着脸颊流了下来:"谢谢你,不然,我没命了。"

"小翠,你说是怎么回事?"

"王支书,他倒卖大烟……"

"啊?"张大胆不相信,"他是模范党员哩,怎么能这样?"

"小时候肚子疼喝过,那东西我一下就能闻出来……"接着,小翠断断续续讲了事情的经过:

原来,小翠和男友李良约了晚上八点在后坡松林见面,不见不散。可她等了一个多小时,李良还没来,小翠感觉有些冷,想回家,又怕李良来,正在犹豫,只见一个人影一闪,她以为是李良和她捉迷藏,也轻手轻脚地摸过去,朝那人后背拍了一巴掌:"你可急死我了!"那人一激灵,手里一包东西"啪"地掉在地上。小翠弯下腰捡起说:"给我买的啥好吃的? 我看看。"一看,惊得喊出声来:"死鬼,你不要命啦!"这时,她才看清来者是王支书。王支书恶狠狠地扑上来,两只大手掐住小翠的脖子,不一会儿,小翠的脑袋发胀,渐渐失去了知觉。

张大胆和小翠一分析,估计王支书倒卖大烟可能不是一回了,他定是夜里把货寄藏在树林的窝点,再由同伙取走,不想让小翠发现,为灭口,他把小翠掐死,又弄到乱坟岗子。估计是见小翠长得好,又生了邪念,剥去衣服,刚要下手,恰巧遇上张大胆他们咋咋呼呼上山来,才仓皇逃离,并拿走了小翠的衣服。

此刻,曾经积存在这对年轻人中间的芥蒂早已烟消云散。张大胆说:"小翠,我看姓王的以为灭了口,他不一定能销毁罪证,你赶快回家换衣服,我陪你去公安局报案。"

小翠笑了:"看你平日不大言语,心眼还不少哩。"

小翠走了。

折腾大半宿,天也快亮了,张大胆觉得有些疲劳,便蜷缩在炕上。

刚刚睡着,咣!咣!一阵砸门声把他惊醒,他以为小翠又出了事,蹦起冲出门外,谁知砸门的却是小翠的男友李良。

一见面,李良破口大骂:"好你个张大胆,吃了豹子胆,敢欺辱我的女朋友。"

张大胆原以为李良是来感谢他的,没想到劈头一顿臭骂,忙解释说:"李良,你误会了,我和小翠什么事也没有。"

"那她干吗穿你的衣服回家?"

"小翠被人掐昏,衣服也扒光了,不穿我的衣服,还能光着身子吗?"

"咋不送她回家,倒背你这来了,你个臭光棍,有不沾腥的猫吗?"

"小翠都冻昏过去了,我还想什么?我的家在山下,到她家得翻两架岗,我的袄裹着她,她受得了,我也受不了啊。"

李良又吼:"我和她好了三年,边都没沾着,你他妈逮着了!"

"李良,我……我要是有一点歹意,上山叫熊舔了我。"

李良从牙缝里"哼哼"两声,冷笑道:"等哪辈子你混上个老婆,养了孩子,哄孩子玩去吧……我一天起两百个咒,你信吗?你他妈叫我当王八,怎么说,也出点血吧!自己说,多少?"

"我是一片好心。要钱,一分也没有。"

"好哇,敬酒不吃吃罚酒。""砰"一拳,李良把张大胆打得鼻子直往外冒血,晃了几晃,倒在地上。

李良边打边问:"你说,有没有那事?"

"有!"小翠突然出现在两人面前,脸气得煞白,指着李良说,"那事有了,你咋办吧! 不要脸,你沾在麻将桌上,诓我去等,差点没让人掐死、冻死,到头来却一句体贴话没有,你还是个男人吗? 居然还要借机诈钱。你说我们有那事,就是有了,我愿意,你能咋的?"说罢,她"啪"一个嘴巴扇过去。

她转身拉起张大胆,说:"走,进屋,我帮你洗洗脸上的血。"

"砰"一声门响,李良被尴尬地杵在门外……

(刘丽霞)

斗　　智

　　越是有智慧的人，越能发现别人的本色。

三进抬杠铺

当年,孔夫子周游列国不受重用,想回鲁国去,可又缺少银两,急得团团转。正在为难,子路来报:"老师,南街开了个抬杠铺,专门跟人抬杠赌输赢。您老人家才学广博,何不去赢几个钱作盘缠?"

孔子一听,好主意! 可自己又分文皆无,这赌注打哪儿来哩? 只好厚着脸皮向弟子们借钱。七十二个弟子东拼西凑,好不容易凑了十两银子交给他,孔子往怀里一揣,直奔抬杠铺。

老杠头闻声出来一看:"哟,是孔夫子您来了。您是圣人,我是布衣,这杠咋抬?"

孔子一拍胸脯:"我让你个后腰! 有啥难题你只管问,我要答不上,银子你拿去!"

老杠头说声"好",开口问道:"圣人离家几年了?"

"一十二载。"

"父母可健在?"

"健在。"

"《论语》是谁做的?"

"我。"

"你为啥说话不算话?"

"何以见得?"

"书中说:'父母在,不远游。'你为啥一十二载不回头?"

"这个……"孔子面红耳赤答不上来,只好丢下十两银子,垂头丧气离开了抬杠铺。

他越想越窝囊:输了银子事小,堂堂的大圣人,竟败给一个平头百姓,自己还有啥脸面见众弟子哩?一气之下,解了衣带就要上吊。

不料,他被一个人拉住了:"圣人为何自寻短见?"

孔子一瞅是神仙铁拐李,长叹一声,把输银子的事说了一遍。

铁拐李大惊:"小小布衣竟敢难为大圣人?走,我去把那十两银子捞回来。"

两人来到抬杠铺,喊来老杠头,开始抬杠。

老杠头问:"仙家,你背的啥?"

"葫芦。"

"里头装的啥?"

"仙丹。"

"仙丹有啥用?"

"能治百样病。"

"是吗?"老杠头笑起来了,"仙家,你的瘸腿咋不用自己仙丹治一治呢?"

"这个嘛……"铁拐李答不上来了,也输了十两银子。

孔圣人和铁拐李又羞又气,耷拉着脑袋出了抬杠铺,冷不丁跟一个屠夫撞了个满怀。

那屠夫见他俩无精打采的样子,问明情由,拉着他们又拐回抬杠铺。一进门,屠夫就从腰里拔下杀猪刀,往桌上一撂,连声喊道:"抬杠抬杠,快来抬杠!"

老杠头跑出来,一瞅是个屠夫,笑道:"伙计,圣人和仙家都败在我手里了,你有啥能耐来找我抬杠? 趁早收场,免得丢人现眼!"

屠夫眼一瞪:"少啰唆,这回押二十两银子。"

"好吧。"老杠头撇撇嘴,"既然你嫌银子扎手,我只好奉陪了。咱俩谁先说?"

"我是大老粗,当然我先说。听着,我赌你的头有八斤半重,你说是不是?"

老杠头一愣,嘴里说:"恐怕……"

屠夫抓起刀往他脖子上一搁,说:"要不割下来称称?"

老杠头吓坏了,抱着脑袋直吆喝:"不要割! 不要割! 我的头不多不少就是八斤半。"

屠夫哈哈大笑,把二十两银子扔给孔子和铁拐李,扬长而去。

圣人和神仙一时愣在那里了。

(吴韵芳)

巧答胡双千

　　有个姓胡的土财主,因为拥有两千亩土地,人送外号"胡双千"。胡双千一是爱财如命,二是打赌成癖。因为贪财,总是挖空心思克扣仆人和长工们的工钱,其中最常用的办法就是打赌。

　　胡双千的独生儿子已八九岁,到读书的年龄了,他请来一位私塾先生教儿子,并讲定年薪五十两银子。

　　上馆第一天,胡双千开门见山说:"高老先生,你知道我喜欢与人打赌,特别喜欢和你这样有学问的人打赌。听人说你才高八斗,无所不知,为激励你教好我的儿子,我愿和你赌上一赌。年终散馆前我向你提三个问题,答对一题加薪二十两,怎么样?"

　　高秀才一听很高兴,一口应道:"那感情好!"

　　胡双千接着说:"不过,既然是打赌,你若回答不出,可得原数扣银子!"

"这个……"高秀才想反悔却说不出口,只得硬着头皮表示同意。

转眼间一年过去了,散馆前,胡双千向高秀才提起当初打赌的事情,高秀才点点头说:"东家只管发问吧。"

胡双千咳嗽一声,开口道:"请问天有多高?"

高秀才一下子被问住了,他读了那么多书,没有一本书说到天地间的距离,只得羞愧地说:"恕学生才疏学浅,实在回答不出这个高难度的问题。"

胡双千奸笑一声,说:"可惜呀!高老先生出师不利,按约扣除二十两银子,你的年薪只剩下三十两了!高老先生嫌这个问题提得太高,那就提个低的。请问地有多厚?"

高秀才又傻眼了,"吭哧"半天回答不出,急得直抓后脑勺。这样,年薪就剩十两银子了。

胡双千得意洋洋,说开了风凉话:"高老先生啊,都说读书人上知天文、下知地理,这样简单的问题,怎么就回答不出呢?"

高老先生红着脸辩解道:"唉,天太远,地太大,摸不着边际,所以不好回答。你为啥不提眼前的问题呢?"

"那好哇,下边就提个眼前的问题。"胡双千摇头晃脑,摸了摸自己的下巴说,"你说我这胡子有多少根呢?"

"这个……"高秀才又被这既实际又具体的问题难住了,他又羞又气又伤心。

胡双千把脸一板,说:"高老先生,这个赌你彻底输了,把年薪全扣完,你还倒欠我十两银子啊!我胡某是仁义君子,最富同情心,这十两银子我就不要了,希望你下一年还来执教!"

高秀才哑巴吃黄连有苦说不出,只得扛起行李卷儿,唉声叹气地走出胡家大门。

胡家有个女仆叫刘嫂,是个又聪明又泼辣的中年寡妇。她到河边洗衣归来,正好碰上了高秀才,见他一步一挨、愁容满面的样子,就拦住他问明了情由。别看刘嫂是个弱女子,却生就一副火爆性子,怎能眼看着好人受恶人的欺诈呢!于是她宽慰了老秀才几句,让他和自己一起回头去找胡双千讨公道。

高秀才对刘嫂热心相助非常感激,却又心存疑虑:"刘嫂哇,胡双千诡诈至极,提的问题一个比一个刁钻,不好对付哇!"

刘嫂笑笑说:"先生放心!碟子里泡豆芽儿——我知道他的根底儿。"

胡双千正坐在客厅里为刚才的事高兴呢,见刘嫂陪着高秀才走进来,于是翻翻眼皮儿问道:"高老先生为何去而复返哪?"

刘嫂抢前回答:"是我让他回来的。你为啥赖他的薪俸?"

胡双千吼道:"胡说!他和我打赌打输了,三个问题一个也回答不上来。怎能说我赖账呢?"

刘嫂说:"那好,我也来和你赌一赌!"

胡双千冷笑道:"你一个妇道人家,也敢和我打赌?就拿你的工钱做赌注,输了可别后悔!"

"如果我赢了呢?"

"连同先生的薪俸一并发还!"

"好,你就提问吧!"

"你听好了!"胡双千根本没把这个女仆放在眼里,斜她一眼道:"请问天有多高?"

刘嫂反问他:"你骑着马一天能走多远?"

胡双千不假思索张口就答:"两百里。"

刘嫂略一思索,笑道:"你听清了,天有七百里高。"

胡双千摇着头说:"纯属胡说八道!你有什么根据?"

"根据就在这里!"刘嫂指着胡家灶王爷两边的那副老少皆知的对联,朗声说,"这上边不是写着'二十三日去,初一五更回'吗?每年祭灶时,灶王爷骑着灶马腊月二十三开始上天,直到正月初一才回来,整整奔波了七天时间,按每天走两百里地,合计走了一千四百里——这是双程,单程自然就是七百里了。你看,这不就是天的高度吗!"

刘嫂侃侃而谈,说得有根有据,胡双千简直听呆了,半天才回过神来,问第二个问题:"那你说地有多厚?"

刘嫂脱口说道:"这还用问? 地有十八层厚么——谁都知道地下有十八层地狱!"

"那不见得! 谁知道地狱是个什么样子?"

"你想见识见识是不是?"刘嫂冷冷笑道,"那第十八层地狱,就是专为那些诈骗人家钱财、克扣人家工钱的奸邪之徒设的,这号人死后,都要被打入十八层地狱受罪,永世不得翻身哪! 你也想进去吗?"

"不不不!"胡双千害怕了,不敢再在这个问题上纠缠,只好提出最后一个问题,"那你猜猜看,我这胡子有多少根?"

"不用猜,不用算,你这胡子有一千九百九十六根半!"刘嫂斩钉截铁地回答他。

"你这可是瞎猜的,有什么根据?"

"有根据。你不是叫'胡双千'吗? 可见你有两千根胡子。前天,你因为赖人家富春院一个妓女的过夜钱,人家抓住你的胡子论理,拔掉了你三根半胡子,不是还剩下一千九百九十六根半么? 若不信,你自己拔下来数一数!"

胡双千被揭了秃痂子,羞得面红耳赤,一句话也说不出,只好乖乖地付了高秀才和刘嫂的工钱。

(曹红英)

智赢大和尚

　　秀才、财主、和尚三人是好朋友,那天他们碰面,决定打个赌,各夸各的东西大,谁输了就得摆桌酒席请客。

　　和尚先说:"俺寺院里有面大鼓,上头搭了四座戏台,还坐得下三千六百个看客。"

　　财主摇摇头说:"你那鼓还没我的油缸大,前天俺的小伙计去取油,不小心掉到油缸里,我雇了九艘大船,找了三天三夜还没找到,现在还在找呢。"

　　秀才一听没词儿了,人家的东西都夸那么大呀!自己家里除了一头小毛驴,啥也没有,有啥好说的!这个赌是输定了。三十六计走为上,他扭头就往家里跑,财主、和尚在后面紧追不舍。

　　秀才气喘吁吁跑回家,赶紧跳上床捂住被子,对媳妇说:"待会儿那两人来了,就说我不在家。"

秀才媳妇还没问清是咋回事,外面"咚咚"有人敲门,开门一看,是财主和和尚。两人问她:"你丈夫呢?快叫他出来!"

秀才媳妇反问他们:"你们找他有啥事?先说明白再说。"

财主就把三人打赌的事说了一遍。秀才媳妇一听就笑了,说:"原来是这么回事。你们请回吧,俺丈夫病在床上起不来了。"

"哈哈哈!"财主、和尚放声大笑,"一桌酒席就把他吓病了,真是小气鬼!"

"不是你们吓住他了,"秀才媳妇压低声音说,"是八个县的农民联名告他,才把他吓病了。"

"人家为啥告他?"

"为啥?还不是为俺那头贪嘴的小毛驴!今天我没看好它,叫它一嘴吃光了八个县的庄稼,人家都告到京城去了!"

财主、和尚一听,妈呀,这女人真能吹!赶紧要溜,被秀才媳妇拦住了,只得乖乖地给他们夫妻俩置了一桌上等酒席。

(红 梅)

三难土老财

　　东庄有个财主,好跟伙计打赌,为的是白让人家干活。

　　这地方多少做工的人都吃过他的亏,再也不愿上他家扛活。时间一长,财主急了,就贴了张告示,出高价招长工。

　　当天就有个小伙子上门应聘,财主问他:"你会做啥?"

　　小伙子说:"啥都会做。长工长工,啥都得中;哪样不中,不能算工。不光样样精通,咱还有眼色,处长了你就知道了。"

　　财主听小伙子说话咯嘣脆,只怕是个难缠的角色,不如把话说明白:"咱可说好了,一年工钱五两银子,不算少吧?不过我有个规矩,只怕你也听说了——我好跟伙计打赌,你要有样活做不来,工钱全免;要是能做来,工钱加倍。你干不干?"

　　"咋不干?"小伙子爽快地答应道,"叫咱做啥活咱就做啥活,东家尽管吩咐吧。"

小伙子做了两个月活,财主怪满意,可心里还算计着咋讹他的工钱。

这天,他对小伙子说:"伙计,你还说你有眼色,瞅瞅墙头上,草恁深了,也不给犁犁?"

犁墙头? 这活谁做过?

可小伙子眼珠一转,却说了一声:"中啊!"就搬了把梯子靠在墙上,扛上犁就上去了。

小伙子把犁扎在墙头上,扶着犁把儿说:"东家,快把牛赶上来,我好套上犁地!"

"牛你赶嘛,咋叫我赶哩?"

"没见我手扶着犁把儿,不得闲儿?"

"哎,这牛我咋赶得上墙头嘛?"

"你看你,不把牛赶上来,叫我咋犁墙头哩? 你非得赶上牛不中!"

"那我赶不上去,不叫你犁算了!"

小伙儿不依了:"咱们可打过赌,不是我犁不了墙头,是你赶不上牛。你得给我十两银子,双份工钱。"

"好好好,你快下来吧。"

财主偷鸡不成蚀把米,倒赔五两白银,心疼坏了,心说:这回不成还有下回,非得把这十两银子捞回来不可!

眨眼又是三个月过去了。

这天财主从街上回来,老远就喊:"伙计!"

"咋?"

"你瞅这条路曲里拐弯,上街太远,你把它捏直,我上街方便些!"

捏路? 又是一件稀罕活。

小伙子来不及细想,就答应下来。财主怕小伙子像上次一样找他的麻烦,忙说:"你捏你的,我还有要紧事,去去就来。"说罢,拔腿就跑。

小伙子想了想,有门儿了!他套上牛车,把晒场上的麦秸垛一扒,往车上装装,一车一车顺路倒开了。一条路铺满了,他带个火煤等财主回来。

眼看财主快走到跟前,他"噗"地把火煤吹着,弯腰就把麦秸点着了。

财主慌得赶紧扑火,问他:"你这是弄啥哩?"

小伙子回答:"你不是叫捏路吗?不把它烤软,咋捏得成?"

"胡说!路冰冰凉,啥时候能烤软?"

"烤不软只管烤,东家,你要多预备柴禾呀!"

财主无奈地摆摆手:"算了算了,我不叫你捏了。"

小伙子又有理了:"是你不叫我捏,可不是我不会捏。没说的,你得给我双份工钱!"

财主心里窝囊透了,挖空心思要把赔出去的银子捞回来。琢磨了好多天,真让他想出了主意。

八月十五晚上,财主和小伙子在院里赏月,财主说:"伙计,今晚上月亮真好,要是躺床上瞅着该多舒坦。你去把月亮给我挪屋里去!"

小伙子说声"中","噔噔噔"一阵小跑,搬来梯子,拎把锤子就要上房顶。

财主忙拉住他:"叫你挪月亮哩,你这是弄啥?"

小伙儿振振有辞地说:"可不就是给你挪月亮嘛。你瞅月亮恁高,落下来还不把房子压塌了?我先上去开个大天窗,再把它挪下来就稳妥了。"

财主一听急了,房顶上开个大洞还得了?忙说:"算了算了,不叫你挪了!"

"不挪就不挪。是你不叫我挪,不是我不能挪。照老样,得给我双份工钱。"

财主气得脸红脖子粗,可没办法,这回只得从屋里往外拿银子了。

他气呼呼地直朝小伙子翻白眼:"我也不叫你干到年底,你快走吧。"

小伙子笑了:"咋,撵我走哩?我还想再挣几两银子呢。"

"找你这样的伙计算我倒八辈子的霉,说啥也不叫你干了。"

小伙子回敬道:"不叫我干,你当谁肯给你干!你等着粮食烂地里吧!"说罢,揣上银子大摇大摆地走了。

(曹红梅)

李翠莲劝夫

早年,陈家庄有个陈大木,喜欢吹牛打赌,动不动就把老婆赌上了。老婆李翠莲聪明贤惠,勤劳能干,常常劝说陈大木改改这个毛病,省得招惹是非,免得惹人耻笑,过个安宁日子。

可是陈大木总是吃屎狗忘不了茅厕路。

大年初一,他跑到大街上又喷开了:"过了年又长一岁,今年整整八百一。谁若比我大一岁,我把老婆输给谁。"

大年初一,人们正穿红挂绿、着长袍子短褂的在逛街,听陈大木又喷起来,看热闹的人便把他围住了,纷纷追问:"大木呀,你老婆李翠莲花朵一般鲜艳,你一旦输给别人,舍得让人家领走吗?"

陈大木一拍胸膛说:"大丈夫说话算话!"

　　话一落地,张三和李四便挤到他跟前,又问一遍:"大木,今天是大年初一,说话可不能滚卦!"

　　陈大木说:"别说废话,我问你今年多大了?"

　　张三摇晃着脑袋说:"我院里有棵榆木苋,七百年一'扑噜',自从我张某生下后,它'扑噜、扑噜'七'扑噜'。大木你算我多大岁数了?"

　　陈大木一听舌头翻不过个儿了。

　　李四拍拍陈大木肩头说:"你不会算,我给你算。那榆木苋一'扑噜'是七百年,七'扑噜'是七七四千九百年。大家说我算得对不对?"

　　看热闹的人齐声回答:"不错。"

　　张三、李四一人抓住陈大木一只胳膊:"走,领李翠莲去。"

　　陈大木看大家当真要领他老婆,死死不肯动弹,急出了一身冷汗:"你们就饶我这一回,从今往后我再不拿老婆打赌了。"

　　张三、李四不答应:"刚才你说过的,大丈夫说话算话,就是打一点折扣吧,也得叫李翠莲跟我们过一夜。"

　　陈大木被他们推推拉拉进了家门,李翠莲正在擀面包饺子,见丈夫被人家扭送回来,就捞起擀面杖冲到跟前问:"啥事,啥事,大年初一拉拉扯扯的?"

　　张三、李四眼瞪着:"叫你男人说。"

　　陈大木可怜巴巴地说:"我打赌吹牛,把你输给人家了。"

　　张三、李四说:"嫂子,收拾收拾跟我们走吧,饺子也不用包了,我们有七碟子八碗等着你呢。"

　　李翠莲问:"今天他打的什么赌,把我输给你们了?"

　　张三、李四把根根秧秧说了一遍。

　　李翠莲哈哈大笑:"你们知道我多大岁数了?"

　　张三、李四笑道:"你是陈大木的老婆,你俩岁数相当。"

　　李翠莲说:"我们是父母之命,媒妁之言,包办婚姻。虽然是夫妻,我可比他大得多。"

张三、李四问:"你几岁?"

李翠莲说:"我说你们算,算对了我跟你们走;算不对,咱们有话说。"

张三、李四想:一个妇道人家,量你逃不出如来佛手心。于是便催李翠莲快说。

李翠莲道:"兴安岭树木是我栽,万里长江是我开,东海老母是我二闺女,老君是我第三胎。娶你妈是我搀她上的轿,生你俩是我剪脐带。你们算算我多大了?"

话没落地,张三、李四知道碰到硬石棱子上了,赶快脚底下擦油,溜了。

李翠莲转身问陈大木:"你这个贱毛病以后到底改不改?"

陈大木狠狠捆了自己几耳光:"再不改,就不是娘生的!"

(封光钊)

短工斗财主

　　有个怪财主叫老固,专雇短工干活,大小活计都要和伙计打赌,胜者得工钱,负者扣工钱。打赌的结果,十有八九扣工钱,短工们怨声载道。

　　这年秋后,来了个小短工叫油子,才十四岁,伙计们给他介绍东家斗赌厉害,劝他别处走走,他奶声奶气地说:"试试看吧。"

　　这一天,老固对短工们说:"我外出访友,谁看好仓门,工钱十块现大洋;看不好,扣全年工钱!"

　　短工们面面相觑,闷不作声。

　　油子奶声奶气地说:"我来看好仓门!"他当即和老固立下了文约,签字画押。短工们都怪油子不听话,要吃亏。

　　老固刚出门去访友,油子便大开仓门赈粮。

　　短工们哪里肯依！七嘴八舌劝油子说："大伙帮你看管仓门还怕贼人盗粮哩，初生牛犊不怕虎啊！"

　　油子笑笑说："咱们发光了，贼人盗屁呀！老固要粮我赔他！"硬是把粮全分了。

　　老固访友归来，验仓无粮，气急败坏地拿油子问罪。油子一口咬定"没错"。于是两个人拉拉扯扯击了堂鼓。

　　县太爷叫原告陈述事实和理由，老固把粮食被盗的事说了一遍。县太爷听后，认定事实清楚，言之有理，便挥笔写判词。

　　伙计们都为油子捏出两把汗水，又不敢多言。

　　油子奶声奶气地说："且慢！老固说的全是假话，粮食被盗与小人无干！"

　　"此话怎讲？"县太爷一拍惊堂木。

　　"禀老爷，老固叫我'看好仓门'，现今的仓门好端端的，他这不是诬告嘛！看，老爷，这里有文约呢！"说着把文约呈上。

　　县太爷一看，果然是看好仓门，便责问老固："仓门可在？"

　　老固结巴着说："仓门是在，可——"

　　"可什么可？"县太爷"啪啪啪"三声惊堂木响，"这不是诬告小孩子吗？唱三天大戏给油子赔情！"说完，退下堂去。

　　老固有苦难言，又不敢违抗县令，只好请来一个戏班子。

　　油子要点一出"佘老太君"的戏，可巧唱老旦的名演员跳槽了，急得班主六神无主。

　　老固一看斗赌的机会来了，何不趁机捞一把？他对班主说："谁愿顶替谁顶替，顶得好，我出工钱，月工钱十块现大洋；顶不好，顶替的人为我支付全部戏码！"

　　一时无人顶替。班主为难之际，油子来了个毛遂自荐，非唱佘老太君不可。于是三方立下文约，签字画押，打起赌来。

　　"才才咣……"开场锣鼓敲响二九一十八遍，"佘老太君"才快快上场，可稳坐凤椅就是不开腔，"才才咣……"催唱锣鼓又敲响二九一十八遍，"佘老太君"才慢条斯理地念白道："过罢正月到二月，过罢二月到三月……"老半天才刚刚念到"六月"，还不知牛年马月唱到正本。

台下观众乱哄哄地喊倒好、拍屁股，急得班主团团转，真想一脚把油子踢下台去，忽而情急之下他脑子一转，叫来个扮丫环的演员，让她上场。

"来了！"一声叫场，丫环出场亮相，她向"佘老太君"禀道："请老太君回府！"

"这就好了！""佘老太君"借机快步回到后场，还没卸装，就伸手向老固要工钱。

幸灾乐祸的老固一见油子，就叫支付戏码，两人争执不休，吵吵闹闹再击堂鼓。

县太爷不问案情，只要文约。

班主把文约呈上，文约一目了然。

县太爷问油子："你唱几个月了？"

油子奶声奶气地说："才唱到六月，丫环……"

"不要说了，老爷我明白了。"立即写了判词：六个月的工钱，六十块现大洋，由老固即刻付清！

老固大喊冤枉，说："太老爷不是——"

"是我不是，还是你不是？再捣乱公堂，打你一百大板！"

老固在一个毛孩子手里输得一败涂地，气得患了眼疾，一双眼皮肿得像铃铛，睁也睁不开，先后请来不少老郎中，吃中草药五十剂，仍不见好转。老固实在受不住了，便花双工钱叫短工四处寻名医，工钱花了一大箩，一个名医也没请来。

这天，一个奶声奶气的声音说："东家，一点小毛病，何必大惊小怪！劳民伤财误时光划不来！"

老固一听是油子打趣，心里就烦："你有灵丹妙药？"

"不用灵丹妙药，只要五枚铜钱，一时三刻叫你睁开双眼！"

老固猜想油子耍花招,但又想:单方医大病呀!为防再次上当,他提出打赌,说:"只要能让我睁开双眼,再加工钱二十块现大洋;但若是睁不开……"

他话还没说完,油子就开口道:"这事儿简单,你只要拿五枚铜钱来,我保你睁开眼睛。医不好,两拉倒!"

老固觉得不赔钱,油子又说得这么有把握,就叫夫人取来五枚铜钱。

油子双手捏着铜钱,在老固头部左侧晃了五晃,又在右侧晃了五晃,就把双手摊开在老固面前,惊奇地大叫道:"哇!夫人给的哪里是铜钱,大伙快看看,是金元宝哩!谢谢夫人,该我好运!"

取铜钱怎么去取个金元宝来?老固急得双脚跳,他大骂夫人是败家贼。他心里舍不得金元宝落入他人之手,于是猛一睁,眼睛就睁开了。眼一开,他才知自己又上了油子的大当,他又羞又气。

油子乐得哈哈大笑,说:"东家你睁开双眼了,加二十块现大洋!"

老固辩解说:"我是看稀罕哩!"

"不!你是见钱眼开!不加工钱再击堂鼓!"油子大叫起来。

老固怕见官再丢人现眼,只好叫夫人再取二十块现大洋了事。

油子怀揣现大洋,领伙计们下馆子去了。

从此,老固再不敢斗赌。

(韩柱先 韩令兰 搜集整理)

棋手喂毛驴

从前，有一个名叫李自满的青年，爱好下象棋。他的棋艺高超，方圆几十里没有对手，他便洋洋得意，自认为天底下没有比自己棋艺更高的人了，于是就在大门上贴了一副对联，上联是"南来的让车"，下联是"北来的让马"，横批是"天下第一"。

一天，有一个白胡子老头骑着毛驴从门口路过，他看了看这副门联，不由轻轻一笑，从驴背上跳下来，"笃笃笃"敲了几下门。李自满闻声开门，见是个陌生老人，便问："这位老者，来寒舍有何见教？"

老人指着门联说："从这副门联上得知你棋艺不凡，老朽也喜欢下棋，想来领教一番，不知肯赏脸否？"

李自满听说有人要和他下棋，高兴得忙替老人把驴拴在院内一棵树上,把老人请到家中,在院内一张方桌前坐下,沏了杯好茶递给老人,然后边摆棋子边问:"你是南来的,还是北来的?"

老人说:"南来的。"

李自满从摆好的棋子里拿出一个"车",说:"那好,我让你一子。"

老人放下茶杯,理着胡子问:"咱来赌不?"

李自满说:"下棋不来赌,有啥意思? 这样吧,咱二十块银元下一盘,你看怎样?"

"行!"老人答应着,便走开了棋子。

没走几步,老人就输了。李自满高傲地撇着嘴说:"棋艺这般低劣,也敢来与我较量,真不知天高地厚。快快把钱留下,回家哄你孙子玩去吧!"

老人也不恼火,赔着笑脸说:"老朽本是个穷汉,身上也没带那么多钱。这样吧,我那头驴还能值几十块银元,就用它顶了吧!"

李自满一听,忙起身走到毛驴跟前,仔细打量了一番,见那毛驴骠头圆肚,牵到街上至少也能卖三十块银元,就满口答应了。送走了老人,他得意地牵着毛驴来到河边,替毛驴洗刷了一下身子,又牵回家用好料喂着,准备留着推磨用。

过了几天,那个老人又来了。一进门,他先掏出二十块银元放在桌子上,说:"上次俺输给你一头毛驴,这回咱再来,俺若输了,这二十块银元归你;俺若赢了,把那头毛驴再还给俺。你看怎样?"

李自满看着老人那认真的样子,不觉好笑。心想:这人也真够犟的,输掉了毛驴还不死心,还想倾家荡产呀! 也罢,俺再赢他一盘,免得他说俺是侥幸赢了一盘。于是,他便摆上棋子,从中取出个"车"说:"这回我还让你个'车',你先走吧!"

老人把那个"车"又摆到棋盘上,说:"光叫你让子儿也没意思,咱就这样走吧!"

李自满冷笑了笑,心不在焉地走起了棋子。谁知,没走几步,就输给了老人。

老人笑着收起桌子上的银元,起身走到毛驴跟前,牵着毛驴就要走。

李自满觉得这棋输得奇怪,便喊住老人问:"老人家,你的棋艺这么高,为何上次还输给我了呢?"

老人笑着说:"俺一个人出门在外做买卖,带着头毛驴不方便,想找个人先给喂几天,就送你家来了。"说完,便牵着毛驴走了。

李自满站在门口愣了半天,才恍然大悟,不由自言自语道:"人外有人,天外有天呀!"

（靖一民　搜集整理）

巧骂钱员外

弟兄俩都中了秀才,因为家里穷,出去给人家当私塾先生。老大教邻村钱员外的儿子读书,约好一年十两纹银的酬金。

老大教得很卖力,转眼一年过去,他满指望领上银子回家过个肥年,不料钱员外变卦了,问他:"你都教我儿子啥书了?"

老大说:"《百家姓》、《三字经》、《孟子》、《礼记》和《中庸》。"

钱员外不屑地说:"我抽空去书房听过,你教得不咋着,耽误我儿子一年学。我不找你错,这十两酬金你也别想领了!"

老大气得浑身打哆嗦:"我教过那么多家私塾,还没有一家赖账的。不中,这一年辛苦费你非给我出了不可!"

钱员外说:"辛苦又咋着,谁叫你学问不济!"

"你说我不济就不济？咱们找人评理去！"

钱员外指着老大说："你还不服气不是？那好，咱们打个赌，我出个题考考你，你要能答上来，我给你双倍酬金；你要答不上来，没说的，拿上行李回家去吧！"

"行，你随便问吧！"老大认为自己学问蛮深，不假思索地答应了。

钱员外"嘿嘿"笑两声，问道："我听你讲《百家姓》里有'赵钱孙李'四个字，不知是啥意思？"

老大说："这是四个姓，赵是姓赵的赵，钱是姓钱的钱……"

钱员外打断他的话："这谁不知道！我问你这四个字合在一块儿是啥意思？"

"这……"老大傻眼了。

钱员外冷笑道："连最简单的《百家姓》你都讲不出个道道来，还有脸要酬金？快滚回家去吧！"

老大又羞又气，一路痛哭回到家里。老二听他说了事情经过，安慰他："哥，你别伤心，明年我帮你去把银子要回来。"

过了十五，老二就到钱员外家教书。不知不觉一年过去，钱员外故伎重施，又跟老二打赌，拿"赵钱孙李"考他。

老二说："这还不好讲，赵是大宋天子赵匡胤那个赵；钱是您钱员外的钱；孙是姓孙的孙，龟孙子的孙；李是姓李的李，有理没理的理也是这个理（李）。"

"那合起来是啥个意思？"

老二说："合起意思就是：赵匡胤说，姓钱的龟孙子不讲理！"

钱员外挨了老二的骂，却挑不出茬来，只好乖乖掏了二十两银子的酬金。

（曹红梅）

三姐比稀奇

　　过去沧州城郊有一位叫黄三姐的小姑娘,聪明伶俐,脑瓜特灵。有一天,她和爷爷去城里赶集,来到集上,三姐渴了,爷爷领她去茶馆喝水。茶馆里有三个客人,正在眉飞色舞地吹牛皮,爷爷和三姐十分好奇,便坐下来一边喝水一边听他们吹。

　　这三个客人都是买卖人,一个是山东的,一个是山西的,另一个是河南的。三人摆开龙门阵,牛皮越吹越响。

　　只听山东客人道:"俺们山东有把铁笊篱,天下无比,一笊篱下去,能捞尽黄海的鱼虾。"说完,得意地看看两个同伴。

　　山西人撇撇嘴,说道:"老兄,你这笊篱不算稀奇。我们山西有口大锅,那才叫稀奇呢!有人在锅里煮了一锅饭,天下人吃了三年,还剩下大半锅呢……"

　　山西人的话还没说完，河南客人便不屑地"哼"了一声："老兄，你山西的这口锅也算不上啥稀奇。俺们河南有棵大杨树，那才叫稀奇呢！树上有个喜鹊窝，窝里有个喜鹊蛋，老喜鹊不小心把蛋蹬了下来，等蛋落到地上，小喜鹊早已孵了出来，长全了毛，硬了翅儿，又喳喳叫着飞上了老喜鹊窝……"

　　三人云山雾海，牛皮吹得满天飞。三人吹上了兴头，一眼看见了旁边坐着的黄老汉，三人使个眼色，要乘兴戏耍戏耍这个满头高粱花子的庄稼汉。

　　其中一个道："河北老客，你也说说你们河北的稀奇，给俺们开开眼界！"

　　黄老汉是个老实巴交的农民，哪里会应他们这下三烂的事儿？拽起三姐就要走。

　　三个人忙起身拦住："哎——走啥呢！人生难得几回乐，玩玩再走嘛！"说着，一人拿出一把钱，说只要吹得神，这钱归他。

　　三姐闻听非常生气，小辫子一甩，冲着三个买卖人道："你们别逞能耐，我替爷爷说如何？"

　　三个买卖人一听："嗨，你这个小黄毛丫头，人儿不大鬼儿可不小，你能说个啥！"

　　其中一个打趣道："小姑娘，你若能说得稀奇，俺们加倍地给钱！"

　　三姐"哼"了一声，冲着三个人道："你们支起耳朵听明白：俺爷爷种了个大青萝卜，擦成馅，能挂满你山东的大笊篱；包成饺子，你山西的锅里盛不了；最后还剩了个萝卜腔，竖起来比你河南的大杨树还高三丈五！"

　　三个买卖人一听，惊得大眼瞪小眼儿，舌头吐出半天没有缩回去。三个人你看看我、我看看你，连连称奇。真想不到这小丫头出言这么厉害，没办法，只好乖乖地掏出了一把钱。

（周宝忠）

小姨难姐夫

　　一天，三个连襟在酒店碰上了。老大、老二生性诡谲，老三却是个笃实厚道人。老大、老二两人眼睛一眨，就想叫老三付酒钱，但又不好直说，就转弯抹角地想法子。老大眼珠滴溜溜一转，开口说："我们三个人难得碰上，今天喝酒来个新鲜吃法，每人要讲出一件事来，谁听了不相信，谁就付酒钱，不知二弟、三弟意下如何？"老大话音刚落，老二早已心领神会，立即表示赞同，老三当然也只好点头同意，心里在想：看他们如何说法。

　　酒店伙计不断地添酒加菜，三个人也喝得差不离了，老大把酒杯一放，说："还是我先来说一件事吧！昨天夜里，我家隔壁小偷进去了。"

　　"偷去什么了？"

"他们家阿毛娘的一条大腿被偷走了!"

生在人身上的腿怎会被人偷走? 老二、老三知道老大在吹牛。老二知道老大的用意,连忙接口说:"难怪我早上起来开门时,好像看见有个人背着东西走过。我还以为他背的是犁轭,却原来是条大腿!"

老三心里说:大白天说梦话,大腿怎能偷? 偷去做啥用? 何况这腿长在人身上,怎么偷呢? 用锯? 用刀? 真是吹牛不要钱!

老大见老三闷声不响,就问他:"老三是不相信我的话了?"

"这种无根无据的事,我当然不相信!"

这时候,老二又讲出一件事来,他说:"我家隔壁昨夜也进去小偷了,一口水井被人偷了走,水流了一地!"

老大忙接上说:"对呀,我看到有个人像背车罗一样背走的。"

老三当然又不相信:水井怎偷呢?

老大、老二见老三又不相信,就哈哈大笑起来,说:"那么,今天的酒钱是咱老三付了!"

老三这才记起"不相信的人付酒钱"的话头。

老大、老二欣喜若狂,又是喊菜又是加酒,准备还要大吃一场。

老三闷声不响,老二就以退为进地说:"老三,你心疼钱了是不是,怎么不声不响哩?"

老大更是激他:"这点钱你都心疼,那酒钱我来付!"

老三解释说:"不要误会,我是被尿憋急了,想回去方便方便!"

"怎不早说,还不快去!"

老三慢步下楼,方便去了。

老三家离酒店不远,他回到家边尿边想:大哥、二哥这不明明是在算计我,叫我出酒钱嘛!

老实人往往娶的妻房聪明伶俐。老三老婆在三姐妹中排行最小,却是姐妹中的佼佼者,很有心计。老三老婆在纺纱,见丈夫闷闷不乐的样子,就问:"怎么啦,平时来家喜盈盈的,今天碰上什么事啦?"

老三把酒店里的事说了。老婆闻言后略一沉吟,就说:"没事的,你去房里睡一觉吧,我不喊,你千万不要出来。老大、老二如果寻来,我会对付的!"

果真,老大、老二在酒店久久不见老三上楼,就追来了。可一进老三家门,他们就怔住了,只见老三老婆身着素服,正在一把鼻涕、一把眼泪地哭,见了老大、老二后哭声更响了,一把抓住他俩的衣衫,口口声声说老三一回到家就死了。

老大、老二根本不相信,但他们知道这位小姨子了得,伶牙俐齿,能把死的说活、活的说死,能把"白鲞"说得会游、死尸说得会走。老大、老二知道她肯定是在耍花招赖酒钱,所以就硬往房间闯,要把老三看个明白。

老三老婆横在他们跟前就是不让进,说:"难道你们不相信我的话吗?"

"好端端的人怎么会死,我们当然不相信!"

"真个不相信?"

"不相信就是不相信,还有真个假个?"

"那好!"小姨眼泪一抹不哭了,边脱素衣边喊道:"老三,你出来吧,既然他俩不相信,酒钱由他们去付了!"

老三憨笑着从房间里出来,说道:"大哥、二哥,你们请我喝酒,谢谢,谢谢!"

老大、老二面面相觑,无话可说,只好乖乖地回酒店付钱去了。

(阮嘉明)

村妇胜商人

过去的生意人为了装门面,都爱喷大话。

这一天,江南一个做生意的和河北一个做生意的,在大运河边的一个村头上相遇,两人坐在一棵大槐树下,一边歇脚一边拉起了家常。

只听江南生意人问道:"老兄准备去哪里发财呀?"

河北生意人回道:"准备去广州。"

"都带了些什么货物哇?"

"嘿嘿,小本生意,也就带了四十八船金刚钻儿。"

江南人一听心想:乖乖,这家伙真敢吹!四十八船金刚钻儿是小本生意? 你吹我也吹,龟孙才不敢吹!

这时,河北人反问他道:"老兄欲往何处发财? 带的是什么宝货呀?"

江南人"嘿嘿"笑道:"在下准备去京城看看行情,所以只带了八十四船夜明珠当样品,让老兄见笑了!"

河北人一听不觉目瞪口呆:娘啊,世上竟有如此富客呀!八十四船夜明珠只算是样品,玉皇大帝也没他富有哇!不觉肃然起敬,赞叹不已。

不料,正在一旁的割草的娃儿却发出了"嘻嘻"的笑声。

河北人转脸问他:"你这个娃娃,笑的什么呀?"

那娃娃直起腰来斜他一眼,说:"俺筐里的草割满了,心里高兴嘛。"

江南人接口问:"你割的是什么草哇?"

小孩儿歪着脑袋说:"灵芝草。"

"什么,灵芝草?"两个牛皮大王自然不相信,异口同声地问道,"你割灵芝草干啥?"

"喂俺家的金马驹呀!它白天屙金,晚上尿银,一天要吃一筐灵芝草啊。"

"哈哈,小小玩童乳臭未干,竟然也学会了吹牛皮!你家真有金马驹,敢不敢让我们看一看?"

"这有何难?你俩在这里等着,我回去把金马驹牵来,让你们看个够。"小孩儿说完,背上草筐回家去了。

别看这小孩儿只有七八岁,嘴却特别巧,他是看这两个牛皮大王吹得云天雾地摸不着边际,觉得又可笑又好玩儿,才故意学着他们的腔调耍笑他们的,不料这两个陌生人却认了真。这娃娃作难了:往哪儿弄个金马驹儿呢?

回到家里,他急得哭了起来。他妈妈问他哭啥哩,他就把这件为难事说了出来。

他妈妈听了,笑笑说:"傻孩子,不用怕!你把天戳个窟窿,妈也能补起来!咱就在家等着他们。"

再说,两个牛皮大王等了一阵子不见小孩儿回头,就跟踪找上门来。一进院门,见一个年轻媳妇正搂着那小孩儿亲热哩,就齐声喊道:"小孩儿,小孩儿,快把金马驹儿牵出来,让我们开开眼界!"

小孩儿妈冲他俩笑笑,说:"咦,你俩来得真不巧!孩子他奶奶骑着金马驹儿上西天给王母娘娘拜寿去了,刚走,早来一步就看到了。"

两个牛皮大王不由大惊失色:老天爷呀,怪不得这娃娃会吹大牛,原来是从他妈身上学来的,这母子俩不简单!

但他们还想再为难一下这个貌不惊人的村妇,于是又追问道:"大嫂,老太太要去多长时间哪?"

小孩儿妈想了想,说:"拜寿嘛,只在天上呆一天就回来了。"

"那好!我们俩就在这里等,等她明天骑着金马驹回来!"

"哈哈哈!"小孩儿妈指着他俩朗声笑道,"你们俩真蠢,就不知道'天上一天,等于地上一年'的道理吗?俺婆婆要到明年的今天才回来!"

两个牛皮大王一听傻眼了。

（曹红英）

巧对「瞎话篓」

　　张庄的张老汉外号"扯白王"，李庄的李老汉外号"瞎话篓儿"，都是说故事的能手。

　　这一天，两人在赶集时碰了面，提起说故事的本领时，互不服气，吹开了牛。

　　张老汉问李老汉："瞎话篓儿，你肚里装有多少故事？"

　　李老汉笑笑说："我的故事啊，装了一肚子两肋巴，手里还提着两疙瘩。"

　　他接着反问张老汉："你扯白王的故事有多少哇？"

　　张老汉吹得更邪乎："我肚里的故事呀，荤的成本儿，素的成捆儿，有的开花儿，有的结籽儿。怎么样，不比你的少吧？"

　　李老汉心想：这扯白王真敢吹呀！我得难他一难！于是哈

哈一笑,说道:"老兄的故事的确不少,扯白王名不虚传!哎,能借给我两捆儿'扯白儿'看吗?"

张老汉一听,心里不由"咯噔"一下:大话吹过了头,不好收场了。可不答应又太失面子,只好硬着头皮说:"好吧,隔天你到我家取去。"

张老汉回到家里,忧心忡忡,坐卧不安:明天瞎话篓儿找上门来,该怎样应付他呢?

张老汉的小女儿小名叫巧妞,生得聪明伶俐,善解人意,她见爹爹唉声叹气、愁眉不展的样子,知道他遇上了难题,就主动问道:"爹呀,你是怎么了?"

张老汉摆摆手说:"妞哇,你别问,爹遇上个难剃的头哇!"

"你说说嘛,说不定我能帮你剃这个癞痢头哩。"

张老汉看女儿挺认真的样子,就把这件为难事从头到尾细说了一遍。

巧妞听后笑着说:"爹呀,为这么件小事犯不着发愁!明天你只管下地干活去,瞎话篓儿来了,由我来对付!"

"你能行?"张老汉有些不放心。

"嘿嘿,没有金刚钻,不揽瓷器活!"巧妞胸有成竹,让父亲安心睡觉去。

第二天一早,张老汉刚下地,瞎话篓儿就扛着一根扁担、提着两盘绳找上门来。他走进院子,见巧妞坐在门边纳鞋底儿,就大声问:"小姑娘,你爹哩?"

巧妞白他一眼:"你找俺爹干啥哩?"

李老汉挤鼻子弄眼地说:"俺事前有约,他叫我今天来,把他的扯白儿挑两捆儿回去。"

巧妞说:"真不巧,我爹下地干活去了。"

"一大早满地都是露水,他能干啥活?"

"他呀,就是去采露水籽儿的!"

"什么?"瞎话篓儿哈哈大笑,"真是瞎说!露水会结籽儿吗?"

巧妞抓住了他的话把儿,反问道:"是啊,露水不会结籽儿,扯白儿就能成捆儿吗?"

瞎话篓儿啧啧嘴没话说,垂头丧气地回家去了。

走到半道上,迎面碰上郎中王先生,王先生见他神色沮丧,不由问道:"老兄,你在跟谁生气呀?"

瞎话篓儿叹口气说:"扯白王的小闺女儿嘴巴真厉害呀!想不到活了大半辈子竟栽在她的手里!"接着就把事情的来龙去脉讲说一遍。

王先生是秀才出身,识文断字,能说会道,一听这话生气了:"嘿嘿,我就不信,一个丫头片子会斗过咱大老爷儿们!我用膏药贴住半拉儿嘴也说得过她!"他一边说一边打开药箱,找出半张狗皮膏药,真的贴住了自己半张嘴,然后接过扁担、绳子,找巧妞为李老汉出气去了。

巧妞正做针线哩,忽见王先生嘴上贴着膏药,怒冲冲地闯进门来,就知道是来找岔子的,于是迎上去问道:"先生到此有何贵干?"

王先生悻悻地说:"找你爹挑扯白儿来了。"

巧妞转了转眼珠子,笑笑说:"先生来的真不巧,我爹这会儿正在锅台上犁地呢,不见客。"

王先生惊疑地问:"你爹能在锅台上犁地?"

"俺那锅台特别宽么。"

"那就不怕牛把屎屙锅里?"

巧妞嘻嘻一笑:"不碍事,俺爹用一张膏药把牛屁股贴住了嘛!"

"你……"王先生被巧妞巧骂一顿,羞得满脸通红,也垂头丧气地败下阵来。

半路上,王先生又碰上了寺院里的老和尚,两人是老朋友,王先生又忍不住向老和尚诉说一番。

这老和尚自恃才高,夸口道:"老兄不必烦恼,你只管带我去会会那小妞,看我怎样制服她!"

两人返回张老汉家。一进门,老和尚就大声嚷嚷:"扯白王在家吗?"

巧妞翻他一眼,不慌不忙地回答说:"我爹不在家,去街上看驴牴架去了。"

老和尚摇摇头说:"不信不信,驴没长犄角,怎么会牴架?"

巧妞冲他做个鬼脸:"秃驴没长角,就不会用它那光葫芦头蹭?"

"这个……"和尚抓了抓光脑袋也没话可说,只好吃个哑巴亏,灰溜溜地走了。

(王 丽)

老翁斗巨人

　　从前,有个老人,七十多岁了,身体还很健壮。他和他的老伴住在帐篷里,平时,靠老人在山上安放网套,捕捉野鸟过日子。

　　有一天,老人上山去检查捕鸟的网套,半路上,拾到一只乌鸦蛋,就把它放进口袋里。当他走到网套附近时,发现有个网套上套住的猎物被人拿走了。在另一个网套里,抓住了一只喜鹊。

　　老人取出喜鹊,把它揣在怀里。他看了一下周围的脚印,嘀咕道:"我一定要抓住这个小偷!"

　　于是,他沿着脚印,一直走到荒无人烟的森林里一座用圆木建成的大房子跟前,进去一看,只见里面坐着一个身躯高大的巨人,正在拔一只黑琴鸡的毛。

　　老人走上前去,说:"这是我的黑琴鸡!"

巨人哈哈笑道："谁强大,这只黑琴鸡就是谁的! 你敢和我比赛吗? 要是你赢了,黑琴鸡你拿去,我再送给你一袋金子!"

老人说："比就比。咱们先比比,看谁能从石头里挤出水来。"

巨人说："这有啥难的!"说罢,他和老人来到房子外面。巨人抓起一块石头,用手使劲一捏,就把石头捏得粉碎。

老人笑道："你把石头捏碎了,可你并没有从石头里挤出水来。现在,看我的本事!"老人把口袋里的乌鸦蛋捏在手里,轻轻一捏,蛋壳就被捏碎了,液体从手指缝里流了出来。

巨人惊奇地说："你比我强。"

老人说："现在,咱们再来比一比谁更机灵、更敏捷。咱们抓一只正在天上飞的鸟。你看,那边有一只乌鸦在飞,你追上去,把它抓住!"

巨人盯住乌鸦,拔腿就追。可是,乌鸦飞得快,巨人追不上,只得两手空空地回到老人身边。

老人说："现在看我的! 你瞧,那边飞着一只喜鹊。"说完,老人就朝那只喜鹊追去。一会儿,老人回来了,他早已从怀里取出了刚才他从网套上解下来的那只喜鹊,他把手里的喜鹊递给巨人看。

巨人更加惊奇,而且,有点害怕了。

巨人想:这个老头子比我厉害,比我机灵,我得想个办法把他弄死。于是,他对老人说："那一袋金子,我明天再给你。现在,我们进屋去,先把黑琴鸡吃掉,然后就睡觉。喂,你睡觉时,怎么个睡法?"

老人说："我睡觉时,身上盖一些干木柴。你怎么个睡法?"

巨人答道："我睡着的时候,口中冒火,鼻孔出烟。"

吃过晚饭,他们就躺下睡觉了。

老人等巨人口中冒火、鼻孔出烟时,悄悄爬起身来,把一堆干木柴放在自己睡觉的地方,又把自己的长袍盖在柴堆上面。然后,躲到房子角落里观察动静。

巨人很快就醒了。只见他走出门外,搬了一块有干柴堆那么大的石头,举起来,对准老人睡的干柴堆,狠命地砸了下去。然后,又装模作样地躺下睡了。

第二天早上,老人把巨人叫醒,对他说:"昨天晚上,我做了一个梦,我好像躺在一棵松树下面睡觉,从树上落下一个小松果,掉在我身上。"

听了老人的话,巨人心想:天哪! 干柴堆那么大的一块大石头,砸在他身上,他却觉得只有小松果那么大! 看来,这个老头子真的比我厉害! 于是,他对老人说:"喏,老人家,这是一口袋金子,它归你了,你拿走吧!"

老人见那么一大袋金子,自己是搬不动的。但他故意装作若无其事的样子说道:"这袋金子,你既然送给我了,那你就把它搬到我家里去。我会好好款待你的。"

巨人把盛放金子的口袋扛在肩上,两人一起来到老人的住处。老人喊道:"嗨,老太婆! 快点煮肉,请客人吃饭!"

他老伴从帐篷里走了出来,说道:"哪来的肉? 我们家里什么也没有!"

"前天被咱们宰掉的那个巨人,还剩下一条大腿没有吃哩! 你把它煮煮熟,招待客人!"老伴听懂了他的话,接茬儿说道:"你这个老头子,记性真不好! 巨人的那条大腿,你昨天吃早饭时不是吃掉了吗?"

扛金子的巨人听了老两口的对话,吓得心惊肉跳,赶忙扔下口袋,拔腿就往森林里拼命逃去。

就这样,聪明的老人和他的老伴战胜了巨人,得到了一口袋金子,开始过着快乐的日子。

(司马辛 编译)

智戏吹牛王

　　大王多了也麻烦。这不,三个吹牛大王聚一起,都想争当第一把手,坐第一把交椅。于是决定来一次大赛。赛什么?当然是赛吹牛。

　　头一个出场的是歪嘴巴李老二。别看他歪着嘴说话不太利索,吹起来还是挺有两下的,他说:"昨天中午吃完饭,我烟都叼嘴上了,可就是找不着打火机。我正想发火,老婆从里屋跑出来喊:'老二,不好了,家里出鬼啦!不知咋搞的,咱那水缸直冒热气呀!'我赶紧跑去一看,你道咋回事?原来咱那打火机掉水缸里了,正燃着火,把半缸水都快烧开了,能不冒热气吗?"

　　应该说,歪嘴巴李老二这牛吹得上档次了。可他话音刚落,秃子王小皮说了:"你那算什么!前不久,我爹到一个叫做三角沟的地方买回一头驴,回家后,我爹没敢歇一会儿,就好草好料地拌了一槽喂它。谁知那头驴不但不吃,连闻也不闻一闻。我爹急了,怀疑自己是不是上当受骗,买了一头病驴回来。他急忙请兽医诊断,可兽医查了半天也找不出病来。兽医想:是不是驴的牙口有问题?他放下手中的家什,左手托起驴嘴,右手捏着上唇,还没用力,那驴就'吱吱吱'地叫了起来,这哪是驴呀,原来是只老鼠!"

老鼠大得像头驴,这牛吹得也够水平。可是独眼独臂的刘八斤不服气地说:"你那老鼠不过驴那么点大,靠边吧!你知道吗?我爷爷是种冬瓜的能手,他种的冬瓜大得吓死人!邻村有个老头是种地瓜的能手,他对我爷爷不服气,决定一比高低。那年秋后,他用马车拉来一个地瓜,八个小伙子出了一身大汗,才将它抬到院子里。我爷爷当然热情接待,安排种地瓜老头吃和住,就是不提冬瓜的事。三天过后,老头憋不住问道:'你的大冬瓜在哪?'我爷爷用手指指他住的房子,说:'冬瓜不在这里吗?'原来,老头在我爷爷种出的冬瓜里住了三天,还不知道冬瓜在哪里呐!"

第一轮比赛到此结束,一个是打火机烧热半缸水,一个是老鼠如驴大,还有个是冬瓜可以当房住,各有千秋,不分上下,于是再来第二轮。

歪嘴巴李老二说:"我见过一座琉璃塔,塔尖离天三尺三。"

秃子王小皮说:"我见过一根细竹竿,刮风碰得天动弹!"

独眼独臂刘八斤说:"我栽过一根电线杆,半截在土里,半截捅到天上面!"

显然,刘八斤的电线杆最高,这第一把手该是他的了。

谁料他话音刚落,一个女人问道:"哎,我说刘八斤,你栽的电线杆在哪?能不能带大伙去见识见识?"

刘八斤扭头一看,说话的不是别人,正是周玉兔的老婆金巧巧,就嬉皮笑脸地说:"我说巧巧,听说你男人玉兔被一个两眼带钩的女人勾进山去了,在那见不到人影的大山里,你能放得下心？你还有心思来管我们的事？"

巧巧也不相让,她哈哈一笑说:"玉兔的事,你不用操心,我出门时,他正在锅台上驾驴翻地哩。"

歪嘴巴一听,眨眨眼说:"在锅台上？你不怕驴把屎拉到锅里？"

"不,绝对不会,因为那畜生是歪屁股呀!"人们一阵哄笑,巧巧也笑了,笑得歪嘴巴李老二一脸上青一阵、红一阵,啥话也说不出来。

秃子王小皮见歪嘴巴败下阵来,就接上说:"巧巧,你把玉兔扔家里,不怕他溜啦？我知道他表面老实,心里花着哩。"

巧巧微微一笑,说:"那也可能,也许会溜出去看热闹。"

"看啥热闹？"

"看牛和驴打架呀!"

"驴能打过牛？"

"它打不过硬要打,有啥办法？不过那秃驴头上连毛都不长,打死活该!"

众人又是一阵哄笑。

独眼独臂刘八斤见同伙一个个吃了败仗,心里暗暗高兴。他清清嗓子说:"巧巧哎,玉兔看完牛驴打架,说不定到哪儿寻花问柳、打情骂俏去了,你还不快去找找？"

巧巧摇摇头说:"不会不会,他看完牛驴打架,还得去看怪物呢。"

"怪物？啥怪物？"

"你不知道？那是只一条臂、一只眼、三分像人七分像鬼的怪物呀!"

人们再一次哄堂大笑,许多人笑出了眼泪笑弯了腰,唯有那三个吹牛大王,笑不起也哭不出,一个个灰溜溜地走了。

从此,他们再也不敢吹牛,就是要吹,也得请示巧巧,经她批准之后才敢吹。

(张晓纪)

目的不在赌

　　龙泉公园有座小小的珍珠湖,清澈见底的湖水中间浮卧着一条用铜铸成的黄龙,龙首高昂,巨口含水,煞是威风。每当雨季地下水位升高时,无数只小泉眼便从湖底涌出一股股细细的水柱,化作了成千上万个珍珠般的水泡,"咕咕噜噜"地直往龙口里钻,形成了一道奇妙的景观,再加上湖水四周绿树成阴,风景宜人,是公园游人歇息观赏的好去处。

　　不知从何时起,精明的龙泉人想出一条生财之道,他们在湖边小亭内设了一个"硬币兑换处",鼓动游客将硬币平放在距龙头正面大约两米的湖面上,如果硬币不沉的话,就会慢慢流入龙嘴里,那么上天就会保佑你平平安安、大吉大利;如果你流入龙口内的硬币面额越大,数量越多,那你的前途则更不可限量。

此玩法一经公布,游客们个个跃跃欲试,纷纷将手中的大小硬币撒向湖中,期盼自己能有个好运气。当然,大多只不过是凑个热闹而已。

一个星期日的上午,一大批游客又围在了湖边。

一位操外地口音的胖游客端着一饭盒兑换来的硬币,虔诚地将它们一一放在水中,却无一枚流入龙口,引得四周人一阵哄笑。

这时,有个小青年幸灾乐祸地坐在一块青石板上,大声报着数:"喂,这位胖哥的钢镚又被消灭一个,总共八十七个喽……"

胖子饭盒中的硬币全部用光了,他懊丧地掏出手绢擦了擦头上的汗水,正想离开时,坐在青石板上的那位小青年嬉皮笑脸地凑了上来,拍拍胖子的肩膀说:"胖哥,运气不咋的呀,全军覆没了吧?哈哈……"

胖子早就对小青年有意见了,见小青年又来挑衅,便没好气地回他一句:"你能耐,你咋不敢试试?"

"不是我不试,是怕你眼馋。"小青年说着,从衣袋里取出几个小钢镚来,"不是吹,闭着眼也比你运气好……"

"你……"胖子被噎得一时说不出话来,他从皮包里抽出一摞大团结来,"有种的咱打个赌,你若能往龙嘴里送进一分钱,我输你十元钱!"

小青年闻听哈哈一乐,阴阳怪气地说:"我要送进个一毛的呢?"

"那我就给你一百元!"胖子抖了抖手中的钞票,讥讽地反问道,"小兄弟,先别吹牛,你要送不进去咋办?"

"你给多少,我就给多少!"小青年毫不示弱地回敬一句,"就怕你口袋里俩子儿不够输。咱丑话说到前头,你输光了回不了家,我可不管!"

"好好好,我没工夫跟你斗嘴玩!"

　　胖子朝四周一拱手："诸位听到了,给俺做个见证……"

　　逛公园的人本来就是来消遣的,一见有好戏看,谁肯放过?于是一呼百应:"好啊,我们来当证人。"

　　"对!谁耍赖就是龟孙子!"

　　小青年原本是跟胖子斗嘴玩的,没想到形势急转直下,竟一下发展到对自己极为不利的地步,不禁有些发怯,可嘴却不弱,他拿着手中那几枚硬币说:"承蒙大伙厚爱,我就跟这胖哥赌一把,就这几个,用完为止,一是让胖哥长个见识,二是给胖哥留个饭钱。"

　　小青年说完,先捏着一枚一分钱的小硬币,装模作样地朝上面使劲吹了几下,然后轻轻平放在水面上,嘴里还嘟哝道:"走,找龙王爷去!"

　　奇迹发生了,只见那枚硬币漂漂悠悠、漂漂悠悠真的慢慢漂进了龙口里,引起四周游人一片叫好声。

　　胖子也瞧呆了,连呼:"邪门!"

　　他爽快地取出张十元票,递到小青年手中:"再来个试试!"

　　小青年又取出个一角钱的硬币,如法炮制,果然又流入龙口中,于是,一张百元钞票又落到了小青年的口袋里。

　　也许真是有神灵保佑吧,那小青年将手中十来枚硬币接连放入水中,绝大多数都被送进龙嘴里。

　　细心的游客算了一下,那胖子输掉了七八百元!

　　小青年得意地拍了拍盛钱的上衣口袋,又吹了起来:"胖哥,我不是跟你吹,就我这水平,给块手表都能送进去。"

　　"你说什么?"胖子仿佛像一个溺水者一下抓住根稻草,急忙将手腕上那块金光闪闪的手表取下来,高高地扬了一下:"诸位可听到了,男子汉大丈夫,一口唾沫一个坑!瞅准了,这可是我昨天花三百元钱才买的新表,电视里经常播的神州牌多功能手表,今儿就送给这位小兄弟玩玩,再给咱开开眼。送进去,我认倒霉,送不进,赔我手表不说,还得跳下去给我捞出来……"

胖子话音刚落,四周一片响应:"好哇!是骡子是马,牵出来溜溜吧……"

"哥们,你要能把手表送进去,我也输你一百元……"

小青年此时恨不得抽自己的嘴巴,可箭到弦上又不得不发,只好一横心:"好!试试就试试,不就是一块表嘛……"

小青年先煞有介事地将手表背面擦了几下,又吹了几口气,然后伸长手臂将手表放在水面,不料那表刚一沾水就往水里沉,小青年一把没抓住,一个趔趄,险些人也掉进水里,周围一片哄笑。

小青年臊得涨红了脸,忙掏出三百元钱递给胖子:"我赔,我赔!"说罢转身要走。

胖子一把拽住他:"小老弟,你还没下去给我捞表呢!"

小青年用手试了下水温,龇着牙说:"我用家伙捞上来行吗?"

"不行!说好跳下去捞的。"胖子毫不松口。

小青年无奈,只好慢慢脱掉外衣,放在青石板上。

刚解开裤带,他忽然又停住了:"胖哥,我的裤头实在太不雅观,衣服你先押着,我换条裤头,拿瓶老酒,就来。"说罢,提着裤子跑了。

胖子和看热闹的游客等啊等啊,一直等了足足半个多小时,还不见那小青年来,都不耐烦起来。胖子拿起小青年放在青石板上的外衣,用手一探口袋,连呼上当,只见口袋底有一个窟窿,里面分文没有。

众人这才晓得上了那小青年的当,一位好心的游客找来一根细竹竿,费了好大劲儿才将那手表挑了出来。

众人凑上去一看,不禁都惊呼起来:这块在水里足足浸泡了一个多小时的神州手表竟安全无恙,仍"滴滴答答"地走着。

　　胖子高兴得手足舞蹈,他告诉大家,这表是他昨天在中原街大光明钟表专卖店买来的,明天是优惠展销的最后一天了……

　　第二天,中原街大光明专卖店前排起一条长龙,眼尖的游客们突然意外地发现:昨天在珍珠湖边打赌的那个胖子和小青年,正在柜台里喜笑颜开地清点着钞票。

　　一位恍然大悟又爱刨根问底的游客挤上去,问他们硬币不沉底的秘密,究竟在上面涂了点什么?

　　胖子和小青年只是会意地相视一笑,就是不回答……

(申之珉)

施老板上当

　　德国有一家夫妻老婆饭店,店老板叫施文,此人精于本行,能算会做,生意倒颇不错。但他好胜要强,特爱打赌。

　　有一天中午时分,施文老板忙里偷闲,舒服地坐在躺椅里看报。他正看得起劲,来了两个年轻人,他们向老板问了好,自我介绍说他们是远游之人,现在已是饥渴交加,要老板快拿东西来给他们吃。

　　施文老板马上拿来了酒菜,送到这两个客人面前。看到他们狼吞虎咽的吃相,老板心里美滋滋的,这说明自己的手艺不错!

　　那两个客人边吃边聊。

　　其中长着黄头发的说:"不久前我在一家饭馆吃饭,与老板打赌:他若能在饭馆墙上的挂钟下静坐一刻钟,眼睛盯着钟摆,嘴里随钟摆左右摆动说'这边、那边,这边、那边……'我就输给他三个塔勒。"

另一个客人说:"这有何难?看来这三个塔勒你是输定了。"

"恰恰相反,那个老板输掉了三个塔勒!""黄头发"得意地说。

这时,坐在一边听他们聊天的施文老板对这事发生了兴趣,便对两个青年说:"这确实不难做到。这个老板看来是个笨蛋。"

黄头发一听哈哈大笑,说:"老板,你不知道,那个老板可是世界上少有的精明人,实在是这个赌太难了。你想,在一刻钟时间里,目不斜视,人不能动一动,嘴里还要随'嘀嗒'声说'这边、那边',实在难以做到啊!"

施文老板很不服气,大声说:"管它有多难,我一定能做到,这个赌我是赢定了。"说完,他拿出三个塔勒放在桌子上。

黄头发也从钱包里取出三个塔勒放到桌子上,并叫老板再拿些酒菜来,让他们边喝边打赌。

施文老板拿了把椅子放在墙边挂钟下。十点半,打赌正式开始,老板坐到椅子上,眼睛盯着钟摆,嘴里随着钟摆的"嘀嗒"声,"这边、那边,这边、那边"地说开了。

黄头发和另一个顾客边吃边喝,两人挤眉弄眼,乐不可支。

五分钟过去了。十分钟过去了。两个客人喝光了酒,吃光了菜,抹抹油光光的嘴,从座位上站起来,边取背囊、帽子和手杖,边说:"老板,再见了!谢谢你的款待!"黄头发又侧身将放在桌上的自己和老板的那六个塔勒装进了自己的口袋。临走前,他特地来到老板身旁,对着老板的耳朵说:"我们要走了。祝你愉快!"

他们走出门,轻轻地把门带上了。

施文老板看着他们离开,但他想:这是圈套,我可不上你们的当。我不会那么笨,我一定要坚持住,一定要赢。

施文老板真是好样的,整整一刻钟,没有动过一动,嘴里没有停止过"这边、那边,这边、那边"的咕嘟声,眼睛没有看过别的地方。

到了十点三刻,施文老板高兴地从座位上跳了起来,他一边喊着:"赢了! 赢了!"一边冲出门外。然而,那两个顾客却连影子都不见了——三个塔勒和一顿美味酒菜白白地送给了人家。

施文老板打赌究竟是赢了还是输了,这只有他自己知道了!

(乾 元 编译)

逗　　　　趣

不可以那样跟人开玩笑,结果自己倒成了笑柄。

「吹牛」来历

　　人们都习惯把夸大话说成是"吹牛"或"吹牛皮"。这里边有个来历呢。

　　这是很久以前的事了。有个北方人和一个南方人碰到了一起,各自夸说自己的家乡好,吹得云天雾地,越说越玄乎。

　　北方人说道:"我们北方呀,名胜古迹特别多!单说有一座大庙,庙前放着一面牛皮大鼓,那鼓大得不得了!在鼓上轻轻敲一下,那声音能一直传到海南岛!"

　　南方人不屑地笑笑,说:"这鼓是够大的。我们那里地肥雨多,种啥长啥收啥。单说有一种豌豆,那豆粒足有碗口大!"

　　北方人心想:乖乖,他比我还敢吹呀!心里很不服气,想了想,又说:"这不足为奇。我们那里的石磨特别大!有一次我赶着毛驴贩粮食,路上碰上了强盗,赶紧跑进一家磨房里躲避。看来看去没处藏身,只好把驴赶进磨眼儿里,你看这磨大不大?"

南方人又笑笑,说:"嗯,是不算小,可我不大相信。"

北方人说:"你不信? 如果没有这么大的磨,怎样磨你那么大的豌豆呢?"

"这个么……"南方人没啥说了,接着吹起来,"我们那里有一条牛特别大! 站在长江南岸,能把头伸进黄河里喝水!"

"不信不信!"北方人沉不住气了,也提出质疑,"这么大的牛,不把黄河里的水都喝干了?"

"可如果没有这样大的牛,怎能拉动你那大石磨哩?"

"这……"北方人也无话可说了。忽然他转守为攻道,"老兄,既是这样说,你就领我去看看这头大牛吧!"

南方人叹口气,说:"唉,晚了! 那牛已经被杀死了,牛皮也被剥下来了!"

"那咱们就去看看那张大牛皮!"

"那牛皮嘛,"南方人一字一顿地说,"已经蒙到了你们北方那面大鼓上了! 你想,没这么大的牛皮,能蒙出这么大的鼓吗?"

"你是在瞎吹!"

"哈哈,你不也在瞎吹吗? 只是我吹的是'牛',你吹的是'牛皮'罢了。"

从此以后,这"吹牛"和"吹牛皮",就成了人们的口头语。

(曹宗鑫)

屠夫打谜

从前，有个塾师姓吕。吕先生一肚子墨水，讲学口若悬河，连句成章，且写得一手好字，学子榜榜有名。因此，富豪名家都高薪聘他教馆，可他却婉言谢绝，宁愿守着自家私塾。

一日，马员外登门造访，吕先生以为马员外又来聘他了，不想是专程来考他学问的，而且是不动口、不写文章、只打手势的考试，限第二天应答。吕先生哪里学过哑语？急得吃饭不甜、喝茶不香、睡觉做梦。

第二天，罗屠夫送肉来，见吕先生愁眉苦脸，郁郁不乐，一问情由，才知来龙去脉，便爽快地说："这有何难，包在老弟身上了。"吕先生不屑一顾地说："你是粗人，只会杀猪宰羊，哪能舞文弄墨？你不要自讨苦吃，走吧走吧！"罗屠夫却很有把握地说：

"我有金刚钻,才敢揽这瓷器活,不信咱打赌。""怎个赌法?""我输了,养你老先生一辈子;赢了,你免费教我小儿子。"接着他又如此这般一说,吕先生才勉强答应一试。

罗屠夫换上吕先生的长袍马褂,穿上二道眉鞋子,戴上西瓜皮帽子,又描描眉,还用猪毛剪粘了三缕胡须,看上去,活脱脱是吕先生。

吃过早点,罗屠夫静坐在书馆里,书案上翻开一部经书,在哼哼哈哈、有声有词地哼着,让人看了真是哭笑不得。

不一会儿,马员外来了,宾主坐定,寒暄几句就考起来。员外伸出一个手指,罗屠夫伸出两个手指;员外伸出三个手指,罗屠夫伸出五个手指;员外摸摸脑袋,罗屠夫拍拍胸膛;员外理理头发,罗屠夫捋捋胡子。

考到这里,马员外起身便走,门外看热闹的人把马员外团团围住,问这问那。马员外说:"吕先生奇才奇才,学富五车啊!"人们问:"咋个学富五车?"马员外说:"我问一他答一,我问二他答二,我问得快他答得快,他对答如流,娴熟超人哩!"人们不解:"到底说些什么?"马员外解释说:"我说一观音,他对二菩萨;我说三皇称王,他对五帝为君;我说头顶青天,他对胸怀日月;我说太上老君,他对黑须老道。"人们听了,连称"妙妙妙"。

吕先生打着哆嗦从里屋出来,叫罗屠夫说说如何打发马员外的。罗屠夫轻松地说开了:"他说杀一头猪多少工钱?我说两个铜板;他说宰三只羊多少工钱?我说五个铜板;他说猪头、羊头给他,我说猪下水、羊下水给我;他说即发给钱,我说胡乱给吧!"

人们一听,哄堂大笑。

(韩柱先　韩令兰　搜集整理)

胡三说戏

　　胡三赶集回来,在众人面前吹牛说:"我在集上碰到一个说大鼓书的,我说他说得不精彩,他两眼瞪着我说:'你说得精彩你来说一段?'我想:三皇五帝哪个我不晓得? 说一段就说一段。我接过钢链子和鼓条子,'嘭嘭嘭'敲了一阵鼓,就说起包公铡李斯的故事来,把大家说得直瞪眼。"王五一听不对:"包公怎么会铡李斯呢?"胡三说:"老弟有所不知。秦始皇死后,李斯追随赵高,合谋伪造遗诏,迫令秦始皇长子自杀。你说李斯该铡不该铡?"王五说:"可包公是宋朝人,李斯是秦朝人,相差一千多年,包公咋去铡李斯呢?"胡三说:"包公铁面无私,哪朝人他不敢铡?"

(戴金瑛　搜集整理)

说假算输

刘大给财主当长工,辛辛苦苦做了一年活。

到年三十,他去跟财主要工钱。

财主说:"我这儿有个规矩,咱俩比着说谎。谁要说对方说的是假话,那就算输;你输了,我工钱分文不给;我输了,给你两倍工钱。"

刘大说"中",并让财主先说。

"我家喂一万箱蜂。你说是不是?"

刘大心想:我在这儿一年多,一箱蜂也没见,这不是瞎话吗?差点要说"不是",想到这是打赌,忙说:"是哩是哩,东家有钱嘛。"

财主又说:"每天早上我都把蜂箱打开,查查里头有多少蜜蜂。是不是?"

"是哩。"刘大随声附和。

"晚上蜜蜂回来,我再一只只数一遍,看跑丢了没有。"

"东家做事就是细密呀。"

财主看刘大还没上当,又说:"这一万箱蜜蜂,我不但要查查够不够数,还要称称每只蜂腿上带回多少花粉,逐一登记,谁贡献大就喂谁多些。"

刘大脱口而出:"瞎话!世上哪有那么小的秤,可以称一只蜂腿上的花粉?"

财主哈哈大笑:"你输了!工钱分文没有。"

刘大只好两手空空回家。

他弟弟刘二知道后安慰他:"别生气,明年我一定把你的工钱要回来。"

过罢十五,刘二就到财主家做工,一干就是一年。

财主又要打赌。

刘二说:"咱们赌大些。我输了,工钱不要,再给你白干一年;你输了,要给我四倍工钱。"

财主心想,他一个臭长工,还能玩得住自己?巴不得再白使他一年,就答应了。

刘二说:"我穷,东家让我先说。你知道不?去年我得了疟疾,吃了九千九百九十九剂草药,还是没救活。"

财主想说,你一个穷长工还抓得起药?想起是在打赌,忙改口:"这也不稀奇,谁叫你得这要命的病。"

刘二接着说:"我死后到阴曹地府报到,阎王一查生死簿,说我阳寿未尽,要打发我回来。"

财主点点头:"这阎王也算通情达理,是个好官。"

刘二说:"我一听阎王叫我回阳世,就说:'您老开开恩吧,俺穷得叮当响,连个老婆也娶不来,混一辈子还是个扛活的,有啥活头,不如在您这儿当个无常鬼,还能吃香的、喝辣的。'阎王不干,说我命中注定有妻有子,还要享福。我问阎王老婆在哪儿,阎王说:'你明年扛活那家儿是个财主,他要招你做女婿,万贯家产不都是你的吗?'我一听怪高兴,这才回来了。东家,从今往后我就管你叫丈人了! 哈哈哈!"

财主气得眼冒火星,也忘了打赌的事了,说:"胡说八道! 谁是你丈人?"

刘二拍手大笑:"你输了! 你输了! 俺也不想认你当丈人,快拿钱来!"

财主只得乖乖付给刘二四倍的工钱。

(张红新)

谁出酒钱

"吹牛张"、"吹牛常"、"吹牛王",都是本地赫赫有名的吹牛大王,这天他们上街赶集碰了面,就你拉我扯一起到馆子里喝酒,拿出各自的看家本领,边吃边吹起来。

吹牛张说:"我家有个筛子,能遮住天;还有个菜碟,能盖住地。你们说大不大?"

吹牛常不屑地说:"这算啥。俺家门口有座桥,谁也不知有多高。去年俺娃儿在桥上玩,踢掉了一只鞋,到今年还没落到底呢。"他觉得自己吹得够大了,得意洋洋地抿了口酒。

吹牛王不慌不忙地开了腔:"俺家有个萝卜,也没多大,要是把它切成片儿,能装你那一筛儿带一碟儿,剩下的靠到桥上,还高出你那桥面大半截儿。"

　　张、常两人一听大惊失色，还是人家吹得大！真是不吹不知道，一吹见分晓呀！于是就虚心向吹牛王讨教吹牛的学问。

　　三人越谈越投机，索性结拜为兄弟，相约有福同享、有难同当，就又点了不少好菜好酒，开怀畅饮起来。不料酒足饭饱之后，他们却你看看我、我看看你，谁也不肯出酒钱。

　　吹牛张说："两位大哥，今天我可是没带钱，不过我家有个大铜盆，曹操八十三万人马站进去还不显眼儿。你俩受个累，把它抬去卖成钱，咱们接着喝酒。"

　　吹牛常摆摆手，说："恁大个盆子谁抬得动？俺家养了头大黄牛，站在黄河北岸，头能伸到长江里喝水。你俩去把它牵来，套上车去拉盆子，卖了钱好喝酒。"

　　吹牛王忙说："两位老弟，我是去不了呀。我闯大祸了！今儿早我来赶集，本想拔根竹竿挑点儿红薯卖，谁知竹竿还没拔掉，就把天戳了个大窟窿。老天爷正派天兵天将捉拿我，我得赶快跑哇！"说完，拔腿就跑。

　　吹牛张和吹牛常傻眼了，还没等他们回过神来，吹牛王已经跑没影了。他俩气得直跺脚，吹牛张说："大哥可真不够仗义，嘴上说有福同享、有难同当，可连一分酒钱也舍不得出。"

　　吹牛常说："谁叫咱们技不如人哩！吃回亏长长见识，只当交了学费吧，等咱们嘴上功夫长进了，再上门找他算账。"

　　两人只好无可奈何地出了酒钱。

（红　梅）

一粒瓜子

　　有一年河南大旱,赤地千里,庄稼颗粒无收,民不聊生。反动当局不思赈灾救民于水火,却反而更加横征暴敛,搜刮民脂民膏,天灾人祸逼得老百姓背乡离井、四处逃荒,饿殍遍野。

　　中牟县境内一个小镇上,有两个外来的私塾先生,一个家居赊店镇,人称赊店张,一个家居唐河县,叫做唐县李。那年头,家家衣食无着,性命难保,谁还顾得上读书?张、李两人没了衣食之源,只好弃教逃荒,沦为乞丐。

　　赊店张和唐县李寻思:活了大半辈子,还没去过开封府,没见过开封府的铁塔、大相国寺和龙亭,逃荒往开封府去,饿死前能看看开封府的景致,死也瞑目。

　　两个文弱书生,三天没粒米下肚。这天五更时分,他们来到开封府城外,时值寒冬腊月,北风刺骨,大雪盖地,两个书生看见不远处饭铺门前有个炸油条用的大灶膛,忙挣扎着挤了进去。

身子虽是暖和了点,只是饥饿难忍,看样子怕是熬不到天明非饿死不可。他俩心想:千艰万难来到开封府,连城门还没进,却成了城外的一双饿殍!两人凄凄惶惶地对望着,可谁也没把这句话说出来。

天刚发亮时,忽听一辆轿车驶过来,车内传来一阵男女调笑声,突然,从车内"叭嗒"飞出一个油纸包落在灶膛外。两人一见,立刻扑了出去,打开纸包一看,唉!是一包磕过的瓜籽壳儿!但两人还舍不得抛去,满怀希望地扒了老半天,终于找到一颗漏磕的瓜子!

看着这颗油津津的瓜子,是五香料炙炒过的,两个穷书生都想尝尝鲜儿。但一想到朋友之间,患难结伴,又都是斯文之辈,虽然眼馋,可谁也不好意思抢了去,只是同时叹道:"唉!就这一颗……"

两个可怜的书生,他们都想吃,又不好意思拿,只是眼巴巴地看着这颗瓜子。

过了好一会,赊店张终于开口说:"要不,咱俩打赌,谁赌胜了,谁吃这颗瓜子?"

"行。君子取食有道。只是,咋个赌法呢?"唐县李十分赞同地说。

"吹牛。咱以各自家乡的名胜古迹和特产为题,谁吹得玄乎,谁就是胜家。"

"中。我先说:唐县有座塔,离天一丈八。"

"赊店有座春秋楼,半截伸到天里头。"

"塔下有只金扁嘴,金扁嘴伸伸腿,太阳还在它脚底儿。"

赊店张看看唐县李,咽了口唾沫,说:"你吹的玄乎,你胜了。这瓜子你吃了吧。"说着,他小心翼翼地捏起瓜子送了过去。

唐县李伸手去接，看看赊店张，又迟疑地把手缩了回来，咂咂嘴说："第一回合咱算是顺顺鬼路，这回不算，再赌一次。"

赊店张怔了怔，说："算了，还是你吃了吧。"

唐县李想了想，说："一粒瓜子，谁吃了也解决不了个'饿'字。咱就以这瓜子为题，苦中作乐，再赌一回，决定胜负。"

赊店张看着手里的瓜子，叹了口气。他心里明白，朋友是不忍心独吞这颗瓜子。他迟疑一下，说："不赌了，不赌了！还是你吃了吧，它虽治不了饿，可也能……"

赊店张说着，抖索着手，把瓜子往唐县李嘴里塞。

唐县李深情地看眼前这位同甘共苦的朋友，接过瓜子，说："我看你是词穷了。平时见多识广，今天都哪儿去了？赌！不赌，我……我就扔了它！"唐县李舌头发僵，上气不接下气地说。

赊店张心里十分感动，忙点头答应："别、别……别扔！我赌，我赌。你先说吧！"

"唐县盛产大西瓜，个大瓤甜人人夸。要知西瓜有多大，猪八戒拿它没办法。啃了八十八天八后晌，没啃着瓜心累酸了牙。猪元帅越啃越生气，召来了六十六个徒弟挥钉耙。刨了九十九天半，离瓜心还有三十三丈八。八戒挥耙使足劲，刨落个瓜子砸地下。只听'扑通'一声响，砸个坑，足有六十六丈八。"

赊店张长吁一口气，说："瓜大，瓜子也大。你听着，还有比你唐县西瓜更大的呢！"

"赊店粉皮传天下，取来一张兜西瓜，兜进西瓜整十个，挂到九天月钩下，甩了一百单八甩，碰落了天上星星一千一百一十二。大狗张口来撕咬，扳掉它四个上牙俩下牙。"

两个书生只顾全神贯注，云天雾地地打赌吹牛，不觉忘了饥寒。

此时天已大亮，饭铺王掌柜早已起床，在窗内听了很久，深为这两位书生的品德所感动，说："你的瓜大，你的粉皮也大。"说着开了铺门,一手扶起赊店张,一手搀起唐县李,指着面前的灶膛说:"你们说的西瓜、粉皮都比不上我这灶膛大。装了你的春秋楼,又装你的唐县塔,再装你塔下的金扁嘴,还装你十个大西瓜。装了你,豁牙落齿的天上犬;也装你,八戒、徒弟和钉耙。扯来你,赊店粉皮兜起来,挂我这门口传天下。这颗瓜子且归我,开封府,吹牛数我是专家。"

赊店张和唐县李一时羞愧无措,答不上话来。

王掌柜看着眼前这两位文弱书生,一个瘦骨嶙峋,一个骷髅饿眼,在饥寒交迫、性命难保的时候,竟为一颗瓜子推来让去,不肯独吞,不禁一声感叹,敬佩之情油然而生,说:"这个年头,贪官污吏多如牛毛,他们哪个不抢,哪个不贪?难得二位先生仁义之举,这才是瓜子虽小见真情啊!"说着,他请赊店张、唐县李进屋取暖,并吆喝伙计端上热汤热饭,请二位书生进餐。

故事很快在开封府传为佳话。一位富商闻讯,对赊店张和唐县李的品德甚为赞叹,遂将两人请到府内,聘为师爷。

（江　瀚）

点金比赛

　　吕洞宾博士是经济界大腕,擅长点金术,并以此自傲。

　　这天,吕洞宾又拿着一块砖头在自己洞府前表演点金术,引来一群围观者。只见吕洞宾用他修长的手指在砖头上轻轻一点,一块破砖头顷刻间变成了最可爱的黄金,把一群围观者看得直咬手指头。

　　吕洞宾看着众人垂涎欲滴的样子,心里很得意。他一高兴,正准备把黄金分给众人,过一把挥金如砖的大款瘾,忽听人群中有个声音冷冷地说:"嘁!这有什么了不起。"

　　吕洞宾脸儿一寒,说:"哪位高手到了,吕洞宾有失远迎!请出来指教。"

　　只听一声咳嗽,围观的众人只觉一股强大的气流逼来,不由自主向两边分开。

吕洞宾一看这气势,吃了一惊。定睛一看,只见一个秃顶腆肚的矮胖子,腰别大哥大,一身名牌西服穿着,却叫人怎么看怎么别扭。

吕洞宾运起特异功能,眼里射出 X 光线,给胖子做了个透视,不由笑了,心说:我以为多么厉害的人呢,原来是个满脑袋油、一肚子草的人物!

吕洞宾定下心来,说道:"这位朋友,你说我的点金术没什么了不起,那你有什么了不起的活儿,拿出来让咱们开开眼?"

胖子慢条斯理地说:"不敢,我也只是对点金术略通一二。"

吕洞宾不怒反笑,心说:这不是关公面前耍大刀吗?当下一抱拳:"请你也练练?"

有人递过来一块砖头,胖子接过来,伸出胖乎乎的手指也那么一点。围观的人哄地笑了:砖头还是那块砖头,一点儿没变。

吕洞宾说:"这就是你的点金术?"

胖子面不改色:"嗯。"

吕洞宾拿过那块砖头,摇晃着对众人说:"诸位请看,这就是金砖啊?哈哈!"

胖子仍然面不改色:"这虽然不是金砖,但是能卖金砖的价钱。"

吕洞宾更加得意:"诸位,谁愿意花个金砖的价钱买这块砖头哇?啊?要买的快点儿,再晚可就没有了!"

众人正笑呢,这时忽听一个人喊道:"我买!"

大家扭头一看,只见一个老板模样的人挤了过来,恭恭敬敬地问胖子:"请问您要多少钱?"

胖子扭头问吕洞宾:"你的金砖卖多少钱?"

吕洞宾觉得不妙,就故意抬高:"五十万。"

不料老板二话不说,拿出支票簿开了张五十万的支票给胖子,随后拿起那块毫不起眼的破砖头走了。

　　胖子收起支票,对吕洞宾说:"天外有天,人外有人,不要自以为了不起啊!"噎得吕洞宾满脸通红。

　　胖子走后,吕洞宾越想越恨:这跟头栽的! 不行,我得弄清这胖子是何方神圣,别是他们串通起来专门削我面子的?

　　于是吕洞宾运起神功,顷刻间就找到了那个老板,问道:"刚才那个胖子是什么人?"

　　老板破口大骂:"他妈的,他是什么人? 他不是人!"

　　吕洞宾奇道:"怎么,他也是神仙?"

　　老板说:"他是什么神仙! 他是魔鬼,是蛀虫,是工程发包负责人!"

　　吕洞宾恍然大悟,又若有所失:"看来权力也是一种点金术,和我刻苦钻研获得的点金术一样有用。"忽然他又高兴起来,"虽然一样有用,但是我的点金术造福苍生,他的点金术只是给自己掘坟墓!"

（张东兴）

双方没输

一天,布莱特兄弟俩在康雅利大桥散步,碰到了一件稀奇事。有一个小丑模样的人,倒立着身子用两只手在大桥上行走,忽然一只红色钱包从他的上衣口袋里掉了出来,他忙腾出一只手接住,迅速地塞回到口袋里。就在这一刹那间,他的身子失去了平衡,只听"通"地一声,那小丑重重地摔在了地上。

兄弟俩忍不住哈哈大笑。

哥哥说:"宁可摔坏身,不能丢了金。这个小丑是蛮聪明的。"

弟弟说:"什么金不金的,那钱包里压根儿没有东西。他这么做只不过是逗趣而已!"

哥哥见弟弟不同意自己的看法,不满地说:"你怎么抬杠呢?

我已经听到了金币的声音。"

弟弟把双手一摊，说："好吧，哥哥，我俩打个赌，谁输了，谁掏十个金币。"

哥哥说声"好的"，两人便走到了小丑面前。

他们把打赌的事儿说了一下，小丑听后笑了，说："欢迎你们打赌。"接着，他对哥哥说，"这位先生，如果我能保证你不输，你是否愿意付给我两个金币。"

哥哥听了哈哈大笑，说："小伙子，我很想帮你的忙，不过，我要赚十个金币，而不是八个。"

小丑无奈地摇了摇头，小脑袋又转向了弟弟，说："你要我帮忙吗？你若肯与我合伙，我能保证你不会输。不过，你要先付给我两个金币。"

弟弟听了，又是惊奇又是无奈，他慢慢地掏出钱夹，从里面拿出两个金币，扔给了小丑，然后冷冷地对他说："你若骗了我，我把你扔到河里去！"

小丑微笑着说："放心吧，先生，我不会到河里去的，我不会游泳。"忽地，他把小脑袋转向哥哥，微笑着说："想与我合作吗？现在还来得及——"

哥哥见小丑在拿他们哥俩开玩笑，冷笑着截断他的话说："我当然愿意合作。"说罢，从口袋里掏出两个金币，付给小丑，末了，咬着牙说，"你不是就要两个金币吗？呆会儿我看你到河里去玩！"

这时，布莱特兄弟俩都忍不住了，不约而同地说："快把钱包拿出来吧！"

小丑慢条斯理地说："急什么呢？"他掏出钱包，在兄弟俩面前晃了几下，然后，紧走几步，突然"嗖"地把钱包扔进了湍急的河水中。

兄弟俩呆了，恼怒地责问他："你怎么可以把钱包扔了呢？"

　　小丑说:"咦,这钱包是我的,我要怎么做就可以怎么做!"

　　兄弟俩一起上前,逼问道:"好呀,你耍我们!"

　　小丑假装吃惊地说:"我怎么耍你们啦?"

　　他的小脑袋转向了哥哥:"先生,我保证你不输,你输了没有?"

　　他的小脑袋又转向了弟弟:"先生,我保证你不输,你输了没有?"

　　小丑接着说:"先生们,我本来没有义务替你们做保证,但你们付了保证金,我只好尽尽义务。谢谢上帝,我的义务完成了。当然,你们可以把我扔进河中。但是,我有必要提醒你们:一个老练的马戏小丑,把两个人甚至三个人扔向半空是家常便饭。"

　　弟兄俩被震住了,小丑朝他们扬扬手,就又倒立着身子,两只手撑着地扬长而去。这一次,他的钱包没有掉。

(孙统贤)

别再叫爹

　　这天,阿富的儿子强强对阿富说:"爹,我城里的对象姣姣明天就要来咱家,你得好好准备一下,迎接儿媳妇呀!"

　　阿富说:"儿媳妇?一连谈了几个你都是这样说的,到头来都是竹篮打水一场空。"

　　强强说:"这回和往日不同了,说不定,明天她还会叫你一声'爹'哩。"

　　阿富眼睛翻翻说:"哼,叫爹?白日做梦,我没那福气!"

　　强强说:"要是她真的叫声'爹'呢?"

　　"我就给她一百块!"

　　"两声呢?"

　　"两百块!"

"三声呢?"

"三百块!"

强强说声:"好!"就笑嘻嘻地出门了。

第二天,姣姣真的来了。姣姣长得眉清目秀,身材苗条,打扮得花枝招展,阿富见了眼睛都笑成了一道缝。

姣姣一进门,见了阿富就娇声说:"爹,您在家?"

阿富不由一喜,心说:一声了,一百块。就忙着搬椅让坐。

姣姣说:"爹,不用您拿,我自个来。"

阿富心里说:两声了,两百块了。

吃饭时,阿富一个人蹲在门外吃得正香,听见姣姣温柔地喊:"爹,屋里坐,咱全家一块吃。"

"嗯,嗯。"阿富红着脸答道,心里却说:糟了,三百块了。

饭后,阿富硬着头皮走进屋里。

没等阿富开口,姣姣就像放连珠炮似的说开了:"爹,我和强强的事,就这样定了,您老人家不必担心。爹,现在的年轻人,只要互相理解,感情一致,两厢情愿,就能生活在一起,我和强强就是这样的人。爹,我们打算在下个月就去登记结婚……"

阿富的全身肌肉在抖动,没等姣姣的话说完,他就慌慌张张从屋里跳出来,大喊:"强强,别让她再叫我爹了,好不好?"

(阎保成)

"犟筋"抬杠

　　张二是个有名的"犟筋",总爱犟着脖子和人家抬杠。这天,他扛着锄头下地干活,路过村头一棵大杨树下时,遇见一个瞎眼老头坐在树下歇脚。这时忽然刮来一阵风,吹得树叶子"哗啦哗啦"的响。只听那瞎眼老头自言自语地说道:"树哇树,别哭了,再哭你也活不长了,不过三天你就得死去了!"

　　张二一听不由笑道:"你呀,真是瞎说! 这棵杨树青枝绿叶正旺盛着哩,三天咋会死呢?"

　　瞎眼老头说:"怎么,你不信?"

　　"我就是不信。"

　　"你敢不敢跟我打个赌?"

　　"敢! 咋个赌法?"

　　瞎眼老头说:"这棵树三天内若是不死,我请你一桌酒席;如果死了,你得请我一桌酒席。"

　　"好,就这么办!"

　　一转眼到了第三天后响,张二早早来到大杨树底下,一看这棵树安然无恙,心中暗喜,就坐在树下等着瞎子来给自己摆酒席。

　　不料,瞎眼老头还没来到,却来了几个扛着斧头、拿着锯子的人。

　　张二惊问:"你们来弄啥哩?"

　　一位领头的工人说:"主人家要盖房,让我们来伐这棵大杨树哇。"

　　张二惊得直跳起来:"怪呀,这瞎眼老头真是料事如神哪!"

　　几个伐木人问他是怎么回事,他就把打赌的事细说一遍,末了恳求道:"老哥们可怜可怜我吧! 我家贫如洗,哪来的钱为瞎眼老头摆酒哇! 请你们行行好,明天再来伐树吧!"

　　"好吧。"伐木人动了恻隐之心,回头走了。

　　过了不多长时间,瞎眼老头慢悠悠地走来了。张二若无其事地迎上去说道:"哎,先生,你输了,这棵树活得好好的,连个叶子也没落,你可得请我的客呀!"

　　瞎眼老头冷笑道:"嘿嘿,我知道这树还没死,那是有人救了它。不过,今晚上救它的人就得替它死!"

　　张二一听这话,魂都吓飞了,"扑通"跪在地上,对着瞎眼老头磕起头来:"先生,救救我吧,我不该为了胜赌支走伐树人哪! 可我上有老、下有小,不能死啊!"

　　"好吧,我就救你一救。"瞎眼老头搀起他来,开导道,"我教你三句话,只要反复念诵,牢记不忘,就能免你一死。听好了:'忍忍忍,饶饶饶,宽宏大量最为高,怀里塞把杀人刀。'你回去吧,这破解法灵与不灵,今天晚上定见分晓!"

　　张二感激地把瞎眼老头一直送到他家里,才转身回自己的家,他一边走一边反复念叨着那几句救命口诀,到家时已是初更天气。

他推开虚掩着的门,一看,不觉怒从心上起,恶向胆边生!原来,他看见一个男子躺在自己的床上,正搂着他的老婆睡觉哩。他顺手操起一把切菜刀,就要去砍那个野男人,这时,忽然想起那几句口诀,忙把怒气压了下去,把菜刀揣进怀里,就去床上拉那男人起来。拉起来一看,嘿,原来是他的老婆!他头上的冷汗哪,"唰"地就流了下来:好险犯下死罪呀!

张二惴惴不安地问老婆:"你怎么这般装束哇?"

老婆笑道:"我纺花坐的时间长了,觉着又冷又困,就穿上你的大棉袄,搂着女儿躺一会儿,有啥大惊小怪的?"

张二虚惊一场,对瞎眼老头又感激又崇敬!第二天特意把他请到家里吃酒,答谢救命大恩。

瞎眼老头喝得高兴,笑嘻嘻地对张二说道:"你呀,大难不死必有后福——明天就会发笔大财!"

张二傻笑笑说:"这我可不敢相信,我一个穷庄稼人,能发啥财?"

瞎眼老头认真地说:"你若不信,敢不敢再和我打个赌?还以一桌酒席为赌注。"

"那好么!"张二高兴了,"真若发了财,我请先生三桌酒!"

第二天,张二挖红薯窖时竟意外地挖出一罐银子,真的发了大财!他喜出望外,高高兴兴地请了瞎眼老头三次客。还说,以后要老老实实做人,再也不硬犟脖子和人家抬杠了。

故事说到这里,有人要问了:这瞎眼老头怎么就说得那么准?这不成神仙了? 其实啊,这瞎眼老头是张二他老婆特地悄悄请来和张二打赌的,为的就是要治治张二的犟脾气。至于红薯窖里的那罐银子,自然也是他老婆事先瞒着张二悄悄埋进去的啰!

(冯万全)

腾空过河

　　从前，有个财主，儿子叫王家启，因他好吹牛，人们给他送个外号，叫"王瞎吹"。

　　这天，王瞎吹在众人面前说："我昨天钓鱼，一下子钓上两个鸡蛋。"

　　众人一听谁也不相信，尤其那个好抬硬杠的李强，马上向他问道："你别瞎吹！鸡蛋光不溜溜的，你咋能钓上来？"

　　王瞎吹说："你不信？我可有证人。"

　　李强就打破砂锅纹（问）到底："那你说说，那个证人是谁？"

　　王瞎吹本来是瞎吹，他上哪去找证人呢？

　　没想到，正当他为难的时候，站在他身旁的赵顺却搭了腔："不错，我亲眼所见。他钓上一只鞋，鞋里头放有两个鸡蛋。"

李强听赵顺这么一说，一时没词了，大家也都觉得很稀奇。

王瞎吹一看把大家吹住了，更加炫耀地说："钓上鸡蛋以后，我骑着大马去赶集。刚到集上，有人就给我捎信，说淮河对岸有个朋友要我去他家一趟。我把马拴在亲戚家门前，急忙来到岸边，可是不见摆渡人。我急了，一跃身，就腾空飞过了淮河。"

大家听了更觉得玄乎：他啥时学会了腾云驾雾？

还没等大家开口问，赵顺却又接着他的话尾说："这不错。我送他到河边，忽然一阵旋风刮来，把他手中的雨伞撑开了，他拽住伞把死不松手，那旋风就把他连人带伞旋到空中，送到了河那边。你说神不神？"说得大家直伸舌头。

王瞎吹觉得赵顺真会给他帮腔拍马屁，有他在身边，我何不继续吹下去？于是，他趾高气扬地说道："我赶罢集骑马回来，刚走一里路，那马不走了，用鞭子再打它也不走，我一怒，取出大刀对马的后腰砍去，把马砍成两半截，我骑着马前身跑了回来。"

大家觉得他越吹越玄乎，可谁也不敢直言问他个什么。唯独李强问他道："马被你砍死了，你咋还能骑着马回来？"

王瞎吹说："你不信，可问一问赵顺嘛！"

王瞎吹竖着两耳听赵顺回答，可是，赵顺怎么也不说话了。王瞎吹急了，便向赵顺问道："你不是亲眼所见吗？怎么不说话呀？"

赵顺说："你把马屁股砍掉了，我没法拍马屁了，叫我咋说呀？"

（戴金瑛　搜集整理）

小鸡咬鹰

　　有一对兄弟,哥哥诚实,决不乱吹一句,别人都很信任他。弟弟却滑头滑脑,喜欢凭空吹大话,村里人大多不相信他。哥哥常劝他说:"空头牛皮少吹吹!"弟弟却说:"你也这样说,那别人就更不相信我了,就是我真的吹了牛,你也该为我圆圆谎才对,弟弟吹牛出了名,你做阿哥的也不光彩呀!"

　　哥哥被说得哑口无言,心想:有时也真该在众人面前帮他圆几句,总是同胞兄弟呀!

　　一天,弟弟又在吹了,他说:"今天我运气真好,早上一开大门,就飞进来两条白鲞。好大的两条白鲞呵,足有三四斤!"

　　别人听了都哈哈大笑,说:"又吹了! 又吹了!"

　　弟弟却说:"你们不信,可以去问我哥哥,他也看见的!"

有人真来问他哥哥。哥哥想了一下,说:"这件事是有的。不过,事情是这样的,有个贼偷了白鲞,发现后面有人追来了,贼怕追住抄出白鲞来,逃到我家门前时,我弟弟刚好开门,贼就随手把白鲞甩了进来,等我弟弟从地上拾起白鲞,贼早跑得无踪影了!"

听了哥哥的解释,大家才相信了,说:"你弟弟这次倒没吹,不过他说得无头无脑,听你这样一说,可以相信了。"

没过上几天,弟弟又在众人面前吹开了。他说:"今天早上我去河埠头挑水,刚下埠头,就见一把斧头在水面上一漂一浮的,我随手拿起一看,是一把八成新的劈柴斧,足足有七八斤重哩!"

斧头能在水上漂浮吗?别人当然不相信。他见别人不信,又说:"你们不相信,尽管去问我哥哥好了,他看见我把斧头拿进门的。"

果真,大家又去问他哥哥了。

哥哥听后,皱了皱眉,说:"事情是有的,也不知哪个冒失鬼,在劈一段木头,斧头陷进木头里,被水冲来了。我弟弟连木头和斧头都拿上来了,还是我帮他把斧头从木头上拿下来的呢。"

哥哥把弟弟的谎言圆得天衣无缝,别人当然又都相信了,还说:"这次你弟弟又没说谎!"

事后,哥哥埋怨弟弟:"你这种空头谎言不要再吹了!"弟弟听了哥哥为他圆的谎,心里美极了,不但不改,反而更胡说八道起来。

又有一次,他对大家讲:"今天我碰上一件事,真有些奇了!"

大家因为有些相信他了,忙问:"怎样的事?你说给我们听听。"

弟弟说:"昨天,我走过一个稻地,稻地里有一只小鸡,'吱吱'地叫着。这时候,突然从天上冲下来一只黑大鹰,来抓小鸡。

这小鸡张嘴就是一口,刚好咬在鹰的脖颈上,这黑大鹰的头就被小鸡给咬掉了。鹰负着痛,展开翅膀,'嘟'地一声飞上天逃走了。"

这下,他吹得太不着边际了,听的人都说:"又吹牛了! 又吹牛了!"

弟弟却一本正经,说:"你们不相信吗? 去问我哥哥!"

大家立即就追着去问哥哥。

哥哥听后觉得这话吹得实在难圆,沉思良久,也只好摇摇头说:"这次我弟弟在吹牛皮了!"

大家听后都哈哈大笑起来。

事后,弟弟埋怨哥哥说:"你上两次都为我圆得好好的,这次怎么不帮兄弟了?"

哥哥苦笑笑,说:"说谎、吹牛,也要有个因头,这才好圆。这次,你连'鹰头'也被小鸡咬下来,没了这'鹰头',我怎么还能圆谎呢?"

(阮嘉明)

清炒蚊肝

　　有一天,两个老熟人在路上碰了面,他俩脸色都很难看,像是跟谁生过气一样。

　　甲问乙道:"请问老兄,谁跟你过不去了,让你一脸怒色,看着怪吓人的?"

　　乙长叹了一口气,回答说:"我虽然住在中国,可我的耳朵却能听到几万里外的声音。刚才,我正在院内静坐,忽然听见西天有个和尚在念经,'呜哩哇啦'挺烦人的,我忍不住大喝了一声:'不要念了,吵死了!'谁知那和尚不理睬我,仍旧念他的经。这可把我气坏了,差点把肺吐出来。一怒之下,我端起须弥山,就像扔块石头那样朝他砸去。你也知道,那须弥山且不说方圆有多大,光高度就有三百三十六万里。你猜啥结果? 眼看须弥山落下去的一刹那,那和尚只是眨巴了一下眼睛,用手揉了揉,嘟囔道:'从哪儿飘下的沙灰,差一点迷了我的眼。'说罢,他又念经了。到底连他一根眼睫毛也没伤着,叫我实在拿他没办法。你说,我能不气恼吗?"

乙讲完后停了停,问甲:"我看你满脸怨气,阴沉得像要下雨,莫不是碰到了难解的事?"

甲也长出了口气,回答说:"昨天,我家来了一位稀客,我一时拿不出山珍海味招待他,只好逮只蚊子宰了,让他尝个鲜。三下五去二,我把蚊子剖开肚子,取出心肝,切了一百二十小块,下锅炒熟了让他吃。谁知那客人吃得急,噎在喉咙里,咽又咽不下,吐又吐不出,一个劲责怪我把肝切大了,到现在还躺在我床上哼个不停,我也拿他没办法。你说让人气恼不气恼?"

乙听后不相信,说道:"你不是瞎扯吧,哪里会有这么细的喉咙?"

甲瞪了乙一眼,争辩说:"只许你有能听西天的长耳朵、能容须弥山的大眼睛,难道就不许我有这种噎蚊子心肝的小喉咙?"

(代国强　改写)

吓掉魂灵

　　阿牛原名陈阿由，因他善吹牛，久而久之，大家都喊他阿牛了。阿牛吹起牛来，一本正经，十人听了九人信。你如不信，我就说个故事出来，看你信不信。

　　这是一个暖和的春天，万物复苏，天气晴朗，阿牛脚步急匆匆，从徐阿木的豆腐店门口一闪而过。

　　"阿牛，走得介快做啥？牛皮吹几句去！"徐阿木在柜台里面喊他。

　　阿牛退回了几步，在店门口站住，说："没空，我忙着哩！"

　　徐阿木问："什么事介忙？"

　　"镇上陈老板死了，排起来还是我远房阿叔。他活着时对我没啥好处，如今一死就难煞我了，大清早就来喊我去，还说内场都归我管。"阿牛话头一顿,又说,"徐师傅,你想想,这许多人要吃,这菜买买也够麻烦,哪还有时光吹牛?"

听阿牛说时,徐阿木早打开了自己的小九九,见阿牛话头一停,忙兜生意:"那豆腐、油豆腐、素鸡这生意,你总得抬抬我了!"

阿牛略一思索,就表态说:"好,豆腐十板,油豆腐二十斤,素鸡十斤,你准备好,我下午派人来拿。"说完,匆匆离去。

徐阿木忙喊临时工加班加点,忙得一身臭汗,总算备齐全了。可是直等到夜里,也无人来拿,忙出门去打听,陈老板健朗着哩,这才知上当了,幸亏转头快,第二天也都卖出去了,否则,损失可大啦!

一晃七八天,阿牛又从店门前走过,徐阿木跳出去,一下抓住他说:"阿牛,那天你乱吹了一通,骗得我好苦!"阿牛却说:"是你一定要我吹几句的,能怪我吗?"

徐阿木这天心情好,他说:"过去的事也算了。阿牛,你的确名不虚传,吹牛吹得滴水不漏!不过……"徐阿木思索了一下,又说,"你如能吹得我们一家人又哭又笑,那我就真正服你了,有这本事?"

阿牛似乎连想都不想,说:"这有何难?不过这几天我没心思,待以后空些再吹吧!"

"又有哪个老板死了?"徐阿木打趣道。

阿牛一本正经说:"后海头蟹很多,昨天我捉了三十几斤,今天一只不剩统统卖光,生意好着哩!"

徐阿木忙说:"你明天去捉蟹,我叫儿子阿林跟你去!"

"不行!不行!"阿牛连连推辞,"阿林还只十五岁,又是你的独根苗,后海头潮水大,一个不小心……这叫我如何吃罪得起?我是光棍一个!"

可是不管阿牛如何说,徐阿木一定要叫阿林跟他去后海捉蟹,还说:"你顾着他点就是了。"他又问阿林:"你想去吗?"阿林正是玩的年龄,当然愿意去,于是第二天清晨,他就跟着阿牛去后海捉蟹了。蟹确实很多,中午后,阿牛关照阿林说:"我要去塘上解个手,一会就来,你就在这捉蟹,千万不可走开。"阿林"嗯"着,双手不停地摸蟹洞。阿牛一路小跑,来到豆腐店,一见徐阿木,喘着气说:"不好了!不好了!阿林被潮水溺死了,我去救,差点连我也溺死,死尸我拖到塘路上了!"

"当真?"徐阿木一听儿子出事心一慌,但还是不相信地问。阿林娘脸色已煞白了。阿牛双手卸门,口里急急地说:"我把门背去,你们俩夫妻拿扛绳来抬!"

徐阿木夫妻俩以为儿子真死了,立即拍桌甩凳地哭了起来。他俩见阿牛背了门板匆匆而去,也只好拿了扛绳跟着。

再说阿林见阿牛一去不回,就爬上塘路来寻,远远见阿牛背着扇门板急急走来,赶紧迎过去问:"你这是干啥?"阿牛:"你家里遭火烧了,我只背了一扇门板!"停了停,又说,"我到塘路顶解手,裤子刚拉下,望去一片火光,我忙跑去看,却是你家豆腐店起火了,我背扇门板就来喊你,快去快去!"

阿林听后"哇"一声哭了,边哭边问:"我爹妈好吗?"阿牛又随口乱吹:"我也不知详情,听救火的人在说,你娘还未寻到,想是烧死了!"一听这话,阿林更是号啕大哭起来,边哭边向家里奔去。

半途,阿林与徐阿木夫妻碰上了,相互一愣,徐阿木夫妻一下抱住儿子:"阿林,你没死?"

"谁说我死了?"阿林也问,"家里火烧了?"

"没呀——"随即,徐阿木夫妻开窍了,"阿牛这个滑头,吹得我们好苦!"想想一场虚惊,不竟破涕为笑。这时,阿牛也来了,他站在一旁看热闹,说:"这可不要来怪我,是徐师傅亲口说,要我吹得他一家人又哭又笑的!"

徐阿木用手指着阿牛,说:"这种牛也好吹?魂也吓出来了。阿牛啊阿牛,我算是真服你了!"

（阮嘉明）

一只皮鞋

　　赵村的赵二娃,进城卖完青菜回家,路上拾到一只从一辆装货卡车上掉下来的皮鞋。

　　那是只崭新的 42 码男式皮鞋,皮面柔软黑亮,鞋底坚实美观,从商标上的洋文字母上,赵二娃断定是高档名牌货,只可惜是一只,拿回家没用,扔了又舍不得,就撂到三轮车上带回村了。

　　走到村口,碰上了同村的青年王栓。

　　这王栓平时爱吹牛,当地管吹牛叫喷大话,所以人们给王栓起了个绰号,叫"喷壶"。他见赵二娃车上放着一只新皮鞋,上前拦住说:"哟喝,二娃哥卖菜发财了? 买这么高级的皮鞋! 那一只哩?"

　　"哪是买的,捡的。"赵二娃把捡鞋的经过讲了一遍。

　　王栓拿起皮鞋，里里外外瞅了一遍，嘴里啧啧称赞道："这是一只高档皮鞋，买一双起码得两百元。"

　　他眨巴眨巴眼睛，说："二娃哥，这只鞋你卖不卖！"

　　"卖给谁？谁花钱买一只皮鞋？"

　　"我能给你卖出去。"

　　"你又瞎喷！"王栓拍拍胸脯子说："卖不出去，我赔你一双新皮鞋；卖出去了，钱咱俩二一添作五对半分，中不中？"

　　赵二娃说："中，你拿去卖吧，能卖十块钱，我就服你有本事！"

　　第二天上午，王栓用手巾将皮鞋包起来，到十里铺镇上赶集去了。

　　十里铺是个小镇，只有东西向一条街。三栓来到街西头，靠街边蹲了下来，把手巾铺在地上，将那只皮鞋摆在手巾上，用粉笔在地上写了一行字：皮鞋——20元一只。然后掏出一支香烟点着，边吸烟边卖鞋。

　　街上过往的行人看看地上的粉笔字和手巾上那只皮鞋，都觉得这人怪，皮鞋哪有论只卖哩！也有人觉得这皮鞋质量不错，想着一双才40元，不贵，一问就这一只，就转身走了。

　　快中午的时候，从西边过来一位四十来岁的男子，只见他穿戴讲究，戴着近视眼镜，像个文化人。

　　此人走到王栓身边，发现地上有字，就弯下身子细瞅，弄清是卖鞋的，便拿起那只皮鞋翻来覆去地看，看够了，问道："这鞋不错，我能穿，怎么只有一只呢？"

　　那人一问，王栓便来了精神，把他吹牛的功夫用上了："要说这只皮鞋的来历，话可就长了。我有个大舅，是一个公司对外联络处处长的秘书，今年春上，他随商贸观光团去斯里兰卡，特意给我寄回一双高档优质皮鞋。皮鞋寄回来以后，我弟弟抓到手里就不放，硬说这双皮鞋是舅舅给他寄的，可明明写的我的名字,怎么是给他寄的?我不依,他不放,俺俩就夺起来,夺着夺着又打起来了。俺爹一看俺俩为一双皮鞋大动干戈,一跺脚骂道:'混账东西!不就为一双皮鞋吗?你兄弟俩每人一只!'就这样,弟弟一只我一只。哼!我干脆卖掉它,他别想再穿!"

那人说:"鞋确实不错,可就一只,你卖给谁?"

王栓说:"碰运气吧,说不定碰上一位一条腿的残疾人哩。"

那人把鞋放回原处,很失望地离去了。

王栓见那人朝东街走去,就赶紧收起摊子抄背街往东头跑。跑到街东头,又找街边一块空地蹲了下来,这回没往地上写字,也没用手巾,从兜里掏出一张旧报纸铺在地上,将那只皮鞋放在报纸上,掏出一支香烟点着,一边吸烟,一边斜着眼往西望。

这会儿,那位戴近视眼镜的人悠闲地东张西望着正朝这边走来。

待他快走到跟前时,王栓大声吆喝道:"卖皮鞋哩,高档优质外国造,物美价廉哪位要?"

近视眼镜一听卖皮鞋的,情不自禁地向王栓走来。刚才在街西头看皮鞋时,他没注意左脚右脚,所以,一拿起这只皮鞋,他就断定跟刚才那只是一双。

他装作没见过那只鞋的样子问道:"小伙子,你怎么卖一只鞋呀?"

王栓装出一副很生气的样子:"要提起这只鞋,我肚子都气炸了!俺大舅从上海给我寄回来一双皮鞋,俺哥见这皮鞋不一般,本地根本买不到,就想要,我不给,他就打我。"

王栓说着捋起衣服袖子:"你瞅俺哥多狠,把我的胳膊都打伤了。最后,还是俺爹出了个主意,俺兄弟俩一人一只。放着没用,随便换几个钱算了。"

近视眼镜觉得这小伙子说话的声音跟他哥差不多,讲的情况基本一致,他心里踏实了,就问:"这只皮鞋你要多少钱?"

王栓说:"30 元。"

近视眼镜心中暗暗高兴:一双鞋 50 元钱,太便宜了。但他不露声色,故意问:"能再便宜点不?"

"不能便宜了。"王栓说,"这鞋要是一双,200 元我也不卖!这一只 30 元,跟白捡的差不多。"

近视眼镜心里还挂念着街西头那只皮鞋哩,所以他不敢多停,赶紧掏出 30 元钱递给王栓,说:"这只鞋我要了!"说完,拿起皮鞋就往街西头跑去。

王栓收起钱,赶紧离开了十里铺镇。

一回村,王栓就找到赵二娃,将 30 元钱二一添作五,每人 15元分了。

赵二娃高兴地拍着王栓的肩头说:"难怪别人都叫你喷壶,你小子有本事!"

三天以后,赵二娃进城卖菜回来,又在村口碰上了王栓,他老远就喊:"王栓,你站住!"

王栓嬉皮笑脸地问:"啥事,是不是又捡到一只皮鞋?"

赵二娃严肃地说:"你少跟我扯淡! 我问你,那只皮鞋卖给谁了?"

"卖给一位近视眼先生了。"

"别装蒜! 那是俺姨夫,来过好几次,你真不认识?"

"你咋知道我把那只皮鞋卖给他了?"

赵二娃说:"我今天去卖菜,碰见俺姨夫了,他让我打听一下,附近几个村里有没有兄弟俩因为争一双皮鞋打架的,他想找另一只鞋。"

王栓一听,"扑哧"一声笑了:"实话告诉你吧,我认识他,他没认出我,谁让他两眼不济事,又爱占便宜……"

赵二娃越听越有气:"你红口白牙给人家瞎吹,你真是他妈的喷壶! 早知道你去骗人,就不叫你去卖那鞋了!"

　　王栓一本正经地说:"二娃哥,要说骗人,现在干啥不骗人?现在为什么骗子多? 就因为爱占便宜的人太多了。骗人是犯法的,可如今骗子比被骗的人活得自在,你说是不是?"

　　赵二娃说:"你别扯太远了,我问你,俺姨夫再问起皮鞋的事,我咋说?"

　　王栓摆摆手说:"你什么也别说! 给他老人家留下悬念,让他花 30 元钱买个'聪明'吧!"说完,哼着小曲儿离去了。

(孙建英)

顶天立地

张、李两位先生都以吹牛为专长而臭名远扬。

一天,张先生找到李先生,要跟他比吹牛。李先生想:我吹牛几十年,天下无敌,这人敢跟我比,岂不是班门弄斧?他笑笑说:"张先生,跟我比吹牛的人都不能白比,谁比输了,少则出十匹好马,多则出百亩良田。你敢么?"

张先生也笑笑说:"几匹马、几亩地算啥,我比全部家产——我家有良田千顷,宅院百座,家丁、牲畜无数,老婆孩子成群,全赌上。你呢?"

李先生向背后一指,说:"我赌这一座山——骑上快马走七七四十九天还走不到一半,内藏多少珍宝自不必说。行么?"

两人压完赌注,请来中人,立了契约,比吹牛就正式开始。

李先生先指指旁边一根竹竿,说:"你看这根竹竿算大么?"

张先生见那是根普通的竹竿,不屑地一笑,说:"有多大?"

李先生说:"当年王莽撵刘秀的时候,带领十万大军路过这里,正巧遇上暴雨,王莽正愁军队无处躲避,见竹竿裂开一条缝,就让人马全部钻进竹竿里面。谁料经过三天三夜的暴雨以后,竹竿经雨水浸泡,裂缝合住,把十万军队全封在了里面。张先生,这根竹竿怎么样?"

张先生轻轻一笑,不慌不忙地说:"听先人讲,我家一位祖爷,经常手持一根小巧玲珑的钓竿,到河边钓鱼。他用的钓竿,就是当年封进了王莽十万大军的那一根。这根竹竿算得什么!"

李先生说:"你说的那位先人我也略有所闻。他坐在河边钓鱼的时候,正巧水里游来一条鱼,那鱼不知个头多大,它把嘴一张,就把钓竿当作一根小草吞到肚里去了。"

张先生说:"那条鱼吞下钓竿还不到半个时辰,就钻进了一位正在打鱼的渔夫的网里,渔夫用两个指头轻轻一夹,就把鱼夹起来扔进了鱼篓里,嘴里还一个劲地嘟囔:'晦气!我在河里捕捞了半天,才捕到这条小鱼苗儿,还不够我家小猫沾一张腥嘴!'"

李先生听到这里,忽然发出一阵大笑,认为时机已到,他有把握甩出一个绝招把对手比败,便不慌不忙地说:"渔夫把鱼苗儿带回家,就喂了小花猫;小花猫吃罢鱼,觉得牙缝里不大舒服,一剔牙缝,剔出了那根竹竿,甩到了院子里;不料竹竿经过几天风吹日晒,口子又裂开了,从裂缝里走出许多军队——原来王莽的十万大军虽说在竹竿里闷了许多年,竟连一个也没有饿死;他们从竹竿筒里出来,就围着渔夫要吃的,渔夫拿出一个肉馅包子放在地上,对他们:'吃吧!'于是十万人都围着包子啃起来,但是他们啃了几天还不见肉馅,急得耐不住了,就拿出行军锹挖掘,竟挖出一尊石碑,石碑上刻着一行字:此处离肉馅还有十万八千里。张先生,请你说说,谁能把这个肉馅包子一口吞下去?

说出来,就算你赢,我这座山就归你了;说不出,你的全部家产就该归我所有了!"

张先生呵呵一笑,说:"行!你听着。唐朝贞观年间,唐僧带着徒弟路过宝象国,宝象国王救女儿心切,想看看唐僧徒弟猪八戒的本事,就出了个题目让他把身子变大。猪八戒为在国王面前卖弄,喝一声'长',身子就长了七八丈高。他见国王和满朝文武都吓得战战兢兢,一时性起,接连叫了几百声'长',身子就飘飘忽忽无休止地长了起来,把青天也拱了个大窟窿。猪八戒透过云缝向下一看,见大山都变成了芝麻点点,大江大河都变成了白头发丝丝,只有一个肉馅包子在地上放着,不大不小,正合心意,随即弯腰拾起来,一口吞下肚去……"

李先生还没听他说完,早吓得目瞪口呆……

(张果夫)

大吹吹牛

　　有个叫王大贤的人,死要面子,有了这毛病,说话就豁边,常把壁虎说成老虎,把人丹说成仙丹。因此,认识他的人干脆叫他"王大吹"。

　　王大吹今年三十有三,还没个对象,好心的朋友看不过,为他介绍了个女朋友。

　　在与女朋友第一次约会前,朋友再三提醒他:"不能犯老毛病,要实事求是。"王大吹说:"记住了,没问题。"

　　王大吹与女朋友见了面,双方的第一印象都不错。女朋友提议一起走走,相互交流交流情况,王大吹说:"要不要把我的轿车叫来?"女朋友说:"就这样散散步好。"王大吹装出一副随便的样子,答应了。其实,王大吹哪有什么轿车,只是见了女朋友,头脑一发热，要面子的老毛病又犯了。

女朋友是个老实人，一路上先把自己的家庭情况、个人的工作、学习、爱好都一一作了介绍。轮到王大吹介绍了，别看王大吹说起大话来挺顺溜，但要他正儿八经地说些什么，就不行了。女朋友见他结结巴巴无从说起，以为他太紧张了，就谅解地说："这样吧，我提问题，你回答，你看好吗？"王大吹说："好，好。"

女朋友提的第一个问题，是想了解一下他的住房情况。王大吹一听，又来劲了，说："我家的住房虽说不上高档次，可是够宽敞的。"女朋友开玩笑地说："不见得有人民广场那么大吧？"

王大吹竟脸不改色心不跳地说："不相信？你听了就知道。我的卧室到餐厅，需骑自行车3分钟；餐厅到卫生间，又需骑自行车3分钟；卫生间到健身房，也需骑自行车3分钟，你说宽敞不宽敞？"

女朋友一听可吃惊了，就问他这住房在哪里。王大吹说："在东南西北街。"女朋友从没听说过城里有这条街，但又不好再问，交流只好到此为止。

回去以后，女朋友找到介绍人，就把王大吹说的住房情况一五一十告诉了他，问他到底是怎么回事。朋友听了叹了口气，说："这王大吹，老毛病越犯越凶了，他哪有这么宽敞的住房？他把东街租住的5平方米卧室，与南街的工厂食堂、西街的公共厕所、北街的体育馆，都胡说成了他家的卧室、餐厅、卫生间和健身房，真亏他想得出。"

女朋友听了，又气又好笑，连连摇头。

(包龙兴)

三女戏父

　　老汉有仨闺女，一个个长得又水灵又俏皮，都出嫁有了婆家。这年秋收完毕，老汉在家闲着没事，就跟老伴打了个招呼，要瞧闺女去。他先到大闺女家，一进门，见大闺女独个在屋里，就问："这几天地里又没啥活，人都上哪儿去了？"

　　大闺女一边搬凳一边说："都上地割麦去了。"

　　老汉一愣："你们麦还没割完？究竟种了多少？"

　　大闺女笑笑："不瞒您老人家，种了三百六十顷。"

　　"一天收多少？"

　　"割一顷来打一顷。"

　　老汉一听来了气："我还不知道你们有多大家业，敢在老子面前吹大气！"说完扭头就走，大闺女拉也拉不住。

老汉直奔二闺女家,进了门一声不吭,坐在椅子上抽闷烟。

二女儿一瞅气色不对,就问:"爹,您跟谁生气哩?"

老汉把烟袋磕得"梆梆"响,说:"你大姐太不像话,在我跟前吹起大话来了。"他把大闺女说的话给二闺女说了一遍。

二闺女听了哈哈一笑:"爹呀爹,您真是没见过世面! 大姐就那点儿麦还值得夸口? 说实在话,那三百六十顷麦还不够俺们一场摊哩。"

老汉一听"呼"地站起,指着二闺女问:"你说,你们那场有多大,就能摊三百六十顷地的麦?"

二闺女不慌不忙地说:"多大我也说不准,反正前年俺那头老母牛正打场哩,在场当中生了个牛娃儿,等它走到场边,那牛娃儿可长一对牙了!"

老汉一听脸都气白了,"噔噔噔"几步走出院门,气鼓鼓地往三闺女家去了。

三闺女一看她爹大晌午黑着脸从外面进来,赶紧搬凳倒茶,侍候他坐下,又立马打了一碗荷包鸡蛋端到他跟前。

老汉唉声叹气地说:"我哪儿还吃得进饭,气都气饱了! 三妞,从今往后爹只有你这一个闺女,再不要你两个姐姐了。"

三女儿惊问:"为啥?"

老汉又把前因后果说了一遍。三闺女听了眼珠一转,笑着说:"爹,您老别跟她俩一般见识,先吃饭消消气再说。"

老汉觉得三闺女怪好,气也消了,端起碗就吃了起来。

吃罢饭,三闺女悄悄地对她爹说:"爹呀,刚才怕您老生气吃不下饭,我没敢对您说。其实,俺大姐那三百六十顷地的麦磨成面,还不够俺一锅蒸哩!"

老汉忙问:"你们那锅有多大?"

闺女笑道:"有多大也说不清,反正俺娃儿他爷爬进去清灰,两年半还没拐回来哩。"

（曹红英）

近视辨匾

　　从前有三个同窗好友,一个叫张大,一个叫王二,一个叫李三,三人都是近视眼。别看他们的视力一个比一个差,却都死爱面子,不愿别人说自己的眼睛不好使。

　　这一天,三个人又凑到了一起,互相吹嘘起来。这个说自己眼如明灯洞察秋毫,那个讲自己眼睛雪亮可远观千里,第三个说得更邪乎,说是隔山能分辨出蚊子的公母。

　　三个人互不服气,最后打起赌来,约定第二天早上去关帝庙前看山门上的匾额。百步之外谁能看清上边的字,就算谁的眼力好;谁认不出上边的字,就得承认自己是近视眼,还得摆桌酒席请客。

　　三个人回到家,都在心里打起了小算盘。自己的眼睛真的不好使啊,别说百步之外,就是站到门边上,也看不清匾上的字呀!不行,得提前摸清底子。

张大想到做到,立马跑到关帝庙里,见了香火道人,恭恭敬敬地施礼问道:"请问道长,庙门前匾额上刻的什么字啊?"

那道人答道:"四个字:亘古一人。"

张大心里有了着落,高高兴兴地回家去了。

待了一会儿,王二也来到庙里,见了那道人,提出了同样的问题:"请问道长,庙门前的匾额上刻的是哪几个字呀?"

道人觉得奇怪,回答了他的问题后反问道:"刚才有个施主来问,你为啥也来问哩?那么大的四个字,你进庙时就没看到么?"

王二不好意思说自己是近视眼,就谎说自己不识字。当他得知已有人先一步来摸过底子,就想:既然已经有人赶在我前头,到时我若也回答说是"亘古一人"四个字,不就分不出高低了么?于是又向道士问道:"匾和字都是啥颜色呀?"

道人说道:"红底金字。"

王二觉得这下子可以稳操胜券了,就乐颠颠地回家去了。

最后,李三来了,为了能得到道人的帮助,他还带来了一份礼物。道人见礼眼开,对他特别关照,有问必答。李三得知那两位对手不但已经知道了匾额上的字,而且还知道了匾和字的颜色,就进而问那位道士:"道长可知那块匾是用什么木头做成的吗?"

道士点头说:"当然知道。那匾是用红木做成的。"

李三如获至宝,也喜笑颜开地回家去了。

第二天一早,三个人一起来到了关帝庙前看匾,还特意找来个私塾先生当公证人。三人站在百步开外,煞有介事地对着山门上边悬着的那块匾额观看起来。

张大抢先发言:"诸位,我打眼一看就认出了匾上的四个大字是'亘古一人'。对不对?"

王二接口嚷道:"我不但认出了这四个字,我还清清楚楚地看到这块匾是红底金字,哈哈,我的眼力比你强多了!"

李三不屑地说:"能看出红底金字有啥稀罕?不过是表面的颜色罢了。我这双眼睛还能透过表层看到实质哩!你们能看出这块匾是用什么木头做成的吗?"

张大和王二都被问住了,两人面面相觑,作声不得。

李三得意地大笑道:"告诉你们吧,这匾是用真正的红木做的!你们两个输定了,准备请客吧!"

这时,站在一旁听了多时的香火道人忍不住哈哈大笑起来:"你们三个人都在瞎说一气!你们说的是原来那块匾,那匾因为太破旧,已经被摘下来了,新匾还没来得及挂上去呢。你们三个都赌输了,就兑钱请我吧!"

(冯万全)

吹牛比赛

赵牛皮、钱大话、孙破天都是很有点名气的吹牛大王,但三位大王谁也不服谁,都想当个王中王。

有一天,他们三人碰到了一块。

赵牛皮想:机会难得,今天非比出个高低来不可。

钱大话也想:我早就想找他俩比一比了。

孙破天干脆把三人进行一场吹牛比赛的建议提了出来。

其他两人当然没有不赞成的!比赛要有规则,三个人商量来商量去,最后决定:每个人只能吹一次牛皮;听的人听后必须表个态。若相信,要帮吹牛者证实这牛皮不假;若不相信,要说出理由,理由站不住脚,就做吹牛者的奴仆。

赵牛皮抢着第一个吹开了,他说:"我碰到过一个神仙,跟着他学会了种通天竹,我种出的这种通天竹,有东海那么大,有天那么高。"

孙破天马上表态说:"我相信,这个神仙是我的朋友,确实收过你这个徒弟。"

钱大话也表态说:"我更相信,前几天我还和你签订了一份购买通天竹的合同。"

接下来是钱大话吹牛,他说:"我学会了做泰山馒头,做的馒头都像泰山那么大。"

赵牛皮也立刻表态:"是真的,那份购买通天竹的合同,就是为做泰山馒头蒸笼签订的。"

孙破天听了他俩一吹一唱的牛皮,慢慢地说:"那还有假?三年前,你俩天天和我在一起,谁不知道谁。"

接着,轮到孙破天吹牛了,他笑笑说:"三年前,你俩与我不辞而别,找得我好苦。今天,我在吹牛时不小心把天吹破了,突然从天上掉下两个人来,细细一看,原来是你们俩,一个是我家种通天竹的奴仆,另一个正是我家做泰山馒头的奴仆。"

赵牛皮和钱大话听了孙破天的牛皮,相信也不好,不相信也不好,无话可说。

(包龙兴)